Aileen O'Grian

Rowan - Verteidigung der Felsenburg

Fantasyroman

Aileen O'Grian

Was wäre wenn? - Fantasy als Spiel mit den Möglichkeiten

Seit Jahren schreibe ich aus Spaß am Phantasieren Märchen, Fantasy und Science-Fiction und habe diverse Kurzgeschichten in Anthologien und Literaturzeitschriften veröffentlicht.

Den Magier Rowan mag ich so gern, dass ich mir vorgenommen habe, eine Kurzromanreihe zu schreiben.

Leseproben von mir gibt es auf meinem Blog:

http://aileenogrian.overblog.com/

Rowan - Verteidigung der Felsenburg

Fantasyroman von Aileen O'Grian

Bibliografische Information der Deutschen Nationalbibliothek:
Die Deutsche Nationalbibliothek verzeichnet diese Publikation in der
Deutschen Nationalbibliografie; detaillierte bibliografische Daten sind
im Internet über http://dnb.dnb.de abrufbar.

Aileen O'Grian
c/o Papyrus Autoren-Club,
R.O.M. Logicware GmbH
Pettenkoferstr. 16-18
10247 Berlin.

Herstellung und Verlag: BoD – Books on Demand, Norderstedt

ISBN: 9783746082097

Rowan - Verteidigung der Felsenburg

1.

Rowan blätterte die mit Miniaturmalerei verzierte Buchseite der Chronik um. Die Geschichte der alten Könige las sich so spannend, dass er alles um sich herum vergaß. Selbst an die Mahlzeit dachte er nicht, dabei hatte er am Morgen nur einen Kanten Brot gegessen. Obwohl er ganz vertieft war, spürte er plötzlich eine Gefahr. Rasch drehte er sich um und schlug im letzten Augenblick die Hand mit dem Messer zur Seite.

Eine in einen Umhang gehüllte Gestalt versuchte erneut, mit einem Messer auf ihn einzudringen. Rowan musste seine ganze Kraft und Geschicklichkeit aufwenden, um sich zu wehren. Für sein Alter war er noch immer recht klein, dafür durchtrainiert und drahtig. Doch der Angreifer war einen Kopf größer und besaß unheimliche Kräfte. Rowan bemühte sich, die Hand zu fassen und festzuhalten, aber immer wieder entwand sich der Feind seinem Griff und attackierte ihn erneut. Rowan musste ein paar schmerzhafte Stöße einstecken, wenn sein Gegner sich freikämpfte – zum Glück gingen die meisten ins Leere, weil er schnell genug zur Seite sprang. Bedächtig achtete er darauf, dem Messer auszuweichen. Schließlich sah Rowan nur noch einen Ausweg: zu fliehen, doch der Täter verstellte ihm den Weg.

Verzweifelt überlegte Rowan, wie er sich retten könnte. Rufen wäre sinnlos. Er war allein im Studierzimmer, das sich im Turm von Burg Wanroe befand. Nicht einmal sein Großvater, der Obermagier Bunduar, wusste, dass er sich gleich nach dem Frühstück hierherbegeben hatte, um weiterzulesen.

„Lasst mich, was habt Ihr davon, wenn Ihr einen Jungen tötet?", rief er. Er ärgerte sich über seine belegte Stimme, die seine Angst verriet. Ein heiseres, fast irres Lachen war die Antwort. Rowan lief ein Schauer über den Rücken.

Erneut machte der Angreifer einen Ausfallschritt in seine Richtung und versuchte, mit dem Messer zuzustechen. Rowan stand nun mit dem Rücken zur Wand und konnte nur zur Seite ausweichen. Er kämpfte um sein Leben, nur ein kluger Gegenangriff konnte ihn aus dieser Lage befreien. Deshalb stieß er sich von der Wand ab und schlug beide Fäuste gleichzeitig dorthin, wo er die empfindliche Magengrube seines Gegners vermutete. Tatsächlich sackte die Person zusammen und ließ den Dolch sinken. Diesen Augenblick nutzte Rowan, stürzte sich auf die Waffenhand und entwand ihr das Messer. Gleichzeitig kniete er sich auf den Arm seines Gegners und setzte die Klinge an dessen Kehle. Mit klopfendem Herzen zog er mit der freien Hand dem Unbekannten das Tuch vom Gesicht.

Er erstarrte, als er seinen Angreifer erkannte.

„Königin Narfin, Ihr?", rief er erstaunt aus und ließ das Messer sinken.

Kaum spürte Narfin den Druck des Messers nicht mehr, wand sie sich wie eine Schlange unter seinen Knien. Sofort setzte er das Messer wieder an ihre Kehle.

„Warum?", fragte er, obwohl er wusste, wie sinnlos die Frage war. Die Königin war seit Jahren geistig umnachtet. König Wilhar ließ sie seit seinem Thronjubiläum von ihren Hofdamen und einigen Soldaten bewachen. Doch immer wieder entwischte sie ihren Bewachern und stiftete Unruhe und Unheil. „Das weißt du ganz genau! Du machst meinem Sohn den Thron streitig!", stieß sie voller Hass hervor.

Rowan schüttelte seinen Kopf. Ottgar war sein bester Freund, sie waren wie Brüder aufgewachsen und vertrauten sich. Auch wenn jetzt viele Tagesreisen zwischen ihnen lagen, weil Ottgar in Cajan am Königshof weilte, bestand das enge Band weiter.

„Ich werde Magier. Seit jeher haben die Könige des Reichs Magier an ihrer Seite gehabt, die ihnen in schwierigen Situationen geholfen haben. Ich hoffe, ich kann eines Tages den Erwartungen des Thronerbens Ottgars entsprechen", erwiderte er. Doch er erkannte an Narfins Gesichtsausdruck, dass seine Worte sie nicht erreichten, sie war wieder einmal in ihrem dunklen Reich gefangen.

Plötzlich ertönten Stimmen auf der Treppe zum Studierzimmer. „Narfin? Seid Ihr hier?"

„Ja, sie ist hier", rief er noch immer aufgewühlt.

Die Tür wurde aufgerissen. Atemlos traten die alte Hofdame Narian und ein Page ein. Schweigend schob Rowan das Messer über den Fußboden in ihre Richtung und stand dann auf.

„Ist dir etwas passiert?", fragte Narian entsetzt. „Ich war nur kurz in der Küche. Die anderen Hofdamen hat sie fortgeschickt, um die Instrumente zu holen. Sie wollte Musik hören."

Rowan lächelte gequält. „Nein, mir ist nichts passiert. Aber sie wird einige blaue Flecken haben, da ich mich gewehrt habe."

Narian nickte. Sie beugte sich über Narfin, die stöhnend auf dem Fußboden lag und ihren Arm hielt.

„Majestät, es wird alles wieder gut. Die Hofdamen warten schon auf Euch, um mit Euch gemeinsam zu musizieren." Sie streichelte über den Kopf ihrer Herrin und summte ein Kinderlied. Die Königin schloss die Augen, ein sanfter Ausdruck erschien auf ihrem Gesicht.

Nach einer Weile öffnete sie ihre Augen wieder, verwundert schaute sie sich im Raum um. Der Page reichte ihr seine Hand und zog sie hoch. Als wenn nichts gewesen wäre, nickte Narfin Rowan freundlich zu. „Bist du schön fleißig? Ottgar braucht einen tüchtigen Magier an seiner Seite."

„Ich gebe mir alle Mühe, möglichst viel zu lernen." Rowan zwang sich, freundlich zu sein und sie anzulächeln.

„Du bist begabt. Wilhar ist voll des Lobes. Schon zweimal hast du Ottgars Leben gerettet." Sie nickte hoheitsvoll und rauschte dann die Treppe hinab, gefolgt von Narian und dem Pagen.

Rowan blieb kopfschüttelnd zurück. Noch nie hatte er die Königin in solch einer schlimmen Verfassung erlebt. Sie war nicht sie selbst gewesen, vollkommen entrückt war sie. Sein Großvater Bunduar hatte jahrelang versucht, ihr zu helfen. Doch all seine sonst so wirksame Kunst versagte bei ihr.

Mächtige Kräfte hielten sie in sich selbst gefangen, nur ab und zu blitzte die einstige schöne und kluge Prinzessin hervor, die Wilhar geheiratet hatte. Seit dem Thronjubiläum vor zwei Jahren war Narfin nicht mehr in der Öffentlichkeit erschienen. Am meisten erschreckte Rowan der schnelle Wechsel, der sich in der Königin vollzog: Eben noch völlig umnachtet, dann wieder ganz normal.

Nach diesem unschönen Ereignis konnte er sich nicht mehr auf das Studium der alten Könige konzentrieren. Seufzend klappte er das Buch zu und verließ gedankenverloren den Raum. Um sich von den Geschehnissen abzulenken, beschloss er, reiten zu gehen und lief zu den Ställen. Peruans alter Wallach Scharus begrüßte ihn schnaubend. Mit seinen Nüstern stieß er ihn an und wartete darauf, dass Rowan einen Apfel aus der Tasche zog. Genüsslich zermalmte das Pferd die Frucht. Rowan holte Zaumzeug und Sattel und legte es dem Wallach an. Peruan, der Waffenmeister des Königs, hatte Rowan sein altes Pferd überlassen, da es als Schlachtross zu betagt war. Trotzdem war das Tier ein treuer Begleiter und leistet Rowan hervorragende Dienste, da es klug war und übersinnliche Fähigkeiten besaß. Es hatte Rowan schon mehrmals vor Gefahren gewarnt und auf diese Weise sein Leben gerettet.

„Wir müssen uns bewegen, zu viel sitzen und herumstehen ist nicht gut für uns." Er tätschelte Scharus und führte ihn aus den Stall. Im Burghof stieg er auf und ließ das Pferd im Schritt gehen. Sobald er das Burgtor hinter sich gelassen hatte, trieb er das Tier an und galoppierte über die Brache vor der Burg. Der Wind ließ seine Haare wehen und er fühlte sich so lebendig, so frei wie selten. Ihm war bewusst, wie knapp er den Mordanschlag überlebt hatte.

Sein Ziel war das Heideheiligtum. Dort saß er ab und ließ das Pferd frei grasen. Es blieb in der Nähe, selbst wilde Tiere würden es nicht wegtreiben.

Rowan lief zur Quelle, wusch Hände, Gesicht und Füße, bevor er sich auf einem großen Stein am Rand des Wassers niederließ. Mit leicht geschlossenen Augen schaute er auf die Wasseroberfläche, blendete die Umgebung aus, um sich in die Geisterwelt zu versenken. Der blaue Himmel und die weißen Wolken spiegelten sich im Tümpel.

Bald erschien ihm das Gesicht des Quellgeistes. Rowan hielt Zwiesprache mit ihm, doch auch der Geist wusste nicht sicher zu sagen, warum die Königin zeitweilig geistig umnachtet war.

„Es müssen mächtige Kräfte am Werk sein. Bunduar hat sie bisher nicht vertreiben können," antwortete der Geist der Quelle.

„Geister aus dem Ostland?"

„Uralte Kräfte, alte Götter", murmelte der Geist, bevor er unversehens wieder verschwand.

Ob diese Kräfte etwas mit den Drachen zu tun hatten, die das Magierland vor einigen Jahren heimgesucht hatten?, grübelte Rowan nach. Was konnte er, der

Magierlehrling Rowan, gegen sie ausrichten, wenn nicht einmal der mächtige Bunduar es geschafft hatte?

Er erhielt keine Antwort, wie er sie erhofft hatte. So legte er Brot und Äpfel für den Quellgeist auf die Opferstelle, dann pfiff er nach Scharus, der brav angetrabt kam.

Natürlich kam er zu spät zum Abendessen. Da sich in der Burg momentan nur wenige Bewohner und Gäste aufhielten und diese bereits gespeist hatten, war die Tafel im Rittersaal schon abgedeckt, als Rowan eintraf. Deshalb ging er in die Küche, die sich nur einige Stufen hinab im Untergeschoss befand, und bat um etwas Brot und einen Apfel.

Während er aß, schlenderte er zur Treppe, die zum Rittersaal führte. Unvermittelt blieb er stehen, als er Wilhar und Bunduar eintreffen hörte, die sich im Nachbarort die Schäden des schweren Frühlingssturms angesehen hatten und deshalb nicht rechtzeitig zum Essen erschienen waren. Sie liefen durch den Raum und setzten sich an den Kamin, während ein Page Holz nachlegte. Mit einer Handbewegung schickte Wilhar den Pagen in die Küche, um Speisen und Wein zu holen. Gerade wollte Rowan sich zu ihnen gesellen, als er vernahm, dass die beiden Männer über ihn sprachen.

„Bunduar, es wird Zeit, Rowan auf die Wanderung zu schicken", begann König Wilhar.

Rowan blieb wie angewurzelt auf der untersten der sechs Stufen stehen, nur wenige Schritte von den Männern entfernt, presste sich an die Wand und lauschte.

„Der Junge ist klug, ich kann ihm nicht mehr viel beibringen, er muss jetzt bei andern Magiern lernen. Am liebsten wäre mir Zwandir im Sumpfland", erwiderte sein Großvater. Obwohl er leise sprach, klangen seine Worte in dem fast leeren Saal klar und deutlich.

„Unsere Beziehungen zum Sumpfland sind seit dem Überfall der Sumpfgeister sehr gespannt", gab der König zu bedenken.

„Umso wichtiger ist es, wieder Freundschaft zu schließen."

Wilhar wartete mit seiner Antwort, bis die Pagen die Speisen gebracht hatten, dann schenkte er sich selbst und seinem Obermagier Wein in die Becher.

„Rowan soll sicher nicht nur bei Zwandir lernen, warum soll er seine Reise nicht in Llyllia beginnen?"

Bunduar lachte leise. „Damit er dort auf Ottgar trifft?"

„Es würde Rowan den Aufenthalt in der Fremde erleichtern. Außerdem ist es gut, wenn der künftige König mit seinem Waffenmeister und seinem Magier beisammen ist. Ottgar und Mardok ziehen im nächsten Sommer weiter nach Llyllia. Wenn Rowan seine weitere Ausbildung bei Magier Hildrun beginnen würde ...“

Bunduar nahm einen Schluck Wein, dann unterbrach er seinen Neffen. „Eine nette Nebenerscheinung ist, dass Hildrun am Königshof von Baruan lebt."

Rowan lugte vorsichtig um die Ecke und konnte beobachten, wie Wilhar rot anlief. Rowan grinste, weil Wilhar sich wie ein kleiner Junge bei seinen Winkelzügen ertappt fühlte. Schließlich lebten viele Magier abseits der

Burgen, dort hätte Rowan keine Gelegenheit, nebenbei ritterliche Fertigkeiten zu erwerben.

„Wisst Ihr wirklich, ob Rowan zum Magier taugt? Vielleicht wird er Ritter, dann wäre eine Ausbildung bei König Baruan sinnvoll", warf Wilhar ein.

Bunduar seufzte. „Rowan weilt schon viel zu lange hier am Königshof. Er zweifelt bereits an seiner Berufung."

„Ihr meint, er wäre lieber Ritter? Und wenn das seine Berufung ist?" König Wilhars Blick hellte sich auf.

Bunduar schüttelte seinen Kopf. „Nein, er hat eine sehr seltene Begabung, auch wenn er ein guter Ritter würde – gute Ritter gibt es viele, gute Magier sind sehr selten."

„Ihr selbst, verehrter Oheim, habt eine Ausbildung als Ritter erhalten."

„Ich war immer nur Mittelmaß, mir fiel die Entscheidung leicht. Euer Vater war der bessere Kämpfer und Ritter."

„Gönnt Rowan doch die Ausbildung, zumal es ihm gefallen würde. Außerdem wird sie ihm später sicher hilfreich sein."

„Wozu sollte es gut sein, wenn ein Magier ein Meister des Schwertkampfs und des Bogenschießens ist?", entgegnete Bunduar wenig überzeugt.

„Wer weiß. Vielleicht hat Euer Enkel noch eine weitere Aufgabe zu erfüllen."

Bunduar schwieg.

Rowan wusste, wie ungern sein Großvater andere Möglichkeiten in Erwägung zog und er spürte dessen Zweifel.

Warum aber wünschte König Wilhar so hartnäckig, dass Rowan eine Ausbildung als Ritter erhielt? Zum ersten Mal überlegte er, wer wohl Ottgars Nachfolger würde, wenn dieser kinderlos blieb. Könnte es sein, dass er etwa selbst an zweiter Stelle der Thronfolge stand? Dabei war er nur entfernt mit Wilhar verwandt. Sein Urgroßvater Hinduar war der legendäre König und Obermagier des Magierlandes gewesen, zu einer Zeit, in der große Gefahr von außen drohte. Sein ältester Sohn Mawuar wurde König, Bunduar als jüngerer Sohn Magier. Allerdings hatte Mawuar nur einen einzigen Sohn gehabt, Wilhar, und auch dieser hatte nur einen Nachkommen, das war Ottgar. Wären Bunduar und seine Nachfahren die Nächsten in der Erbfolge? Da sein Großvater aber nur ein überlebendes Kind hatte, eine Tochter, Rowans Mutter, die die Krone nicht tragen durfte, wäre Rowan dann nach Ottgar erbberechtigt?

Hätte es Hinduar geholfen, wenn er einen befreundeten Magier an seiner Seite gehabt und nicht alles allein hätte bewältigen müssen? Bunduar betonte immer, wie wichtig es war, wenn die Macht in zwei verschiedenen Händen lag. Es würde dem Magierreich helfen und es sicherer machen. Wenn einer gefährdet war, konnte der andere ihn unterstützen - wenn der König starb, sorgte der Obermagier zusammen mit dem Oberpriester dafür, dass der Thronfolger eingesetzt würde und während dieser Zeit keine Unruhen entstanden.

Als hätte Bunduar Rowans Gedanken gelesen, fuhr er fort: „Wilhar, die Aufgaben müssen geteilt bleiben. Mein Vater hat es nach dem Einfall der Würmer aus dem Süden so gesehen und uns dementsprechend ganz unterschiedlich erzogen."

„Mein Vater hatte auch keinerlei magische Begabung und war froh, dass er Euch an seiner Seite hatte. Mir geht es ebenso. Selbst in den Familien der Magier ist diese Gabe selten und tritt nicht in jeder Generation auf", gab Wilhar zu bedenken.

„Deswegen ist es so wichtig, Kinder mit dem entsprechenden Talent zu fördern und zu Magiern auszubilden."

Rowan wusste, dass sein Großvater Ottgar öfter geprüft hatte. Aber sein Freund wies keine Anzeichen der Begabung als Magier auf. Während Rowan häufig auf seine Fähigkeiten angesprochen wurde, sei es von den Pferdeknechten, den Schäfern oder Bauern, denen er schon als Kind bei Problemen mit ihren Tieren geholfen hatte. Beim Reiten lenkte er die Pferde mehr durch seine Gedanken als durch seine Schenkel, wofür die Pferdeknechte ihn bewunderten. Und als beim Jubiläum des Königs die Drachen angriffen, hatte er die Gefahr geahnt, bevor die Erwachsenen sie erkannten, und rettete dadurch Ottgars Leben.

Auch wenn er jetzt lieber mit seinen Freunden zusammen wäre und wie sie die Ausbildung zum Ritter machen wollte, besaß er diese seltene Begabung der Magier, die er selbst oft eher für einen Fluch hielt.

Ein Page trat zu Wilhar und verbeugte sich. „Herr, ein Bote aus dem Sumpfland."

Wilhar hieß ihn einzutreten. Der Mann sah müde und verstaubt aus. „Mein Herr, König Matrin, schickt mich mit einer Botschaft an Eure Majestät." Er übergab einen versiegelten Brief. Wilhar klatschte in die Hände und wies an, dem Boten Brot, Fleisch und Wein in der Gesindeküche zu servieren und ihm eine Kammer zuzuweisen.

Als der Mann gegangen war, brach Wilhar das Siegel auf und las den Brief. „Mein Hofstaat und mein Obermagier sind zu der Krönungszeremonie von König Matrin im Sumpfland eingeladen", gab er den Inhalt mit erhobenen Augenbrauen wieder.

„Ihr solltet die Einladung annehmen."

Wilhar nickte. „Aber ich werde nicht mit meinem gesamten Hofstaat reisen. Seid Ihr bereit mitzukommen?"

Bunduar nickte.

„Gut so. Ich werde auch Peruan fragen und noch einige meiner Ritter. Mein Verwalter und Peruans Stellvertreter bleiben zur Sicherheit hier."

Bunduar nickte erneut zustimmend. Wilhar war umsichtig und besaß eine natürliche Klugheit und Diplomatie.

„Die Königin ist zu krank ..." Wilhar senkte seinen Kopf.

„Ihr solltet überlegen, Eure Gemahlin in das Kloster in den Nebelbergen zu schicken. Die Nonnen dort können besser für sie sorgen als ihre Hofdamen. Die gute Luft und die unberührte Natur würden ihren Zustand verbessern."

Rowan wurde bei dem Gedanken daran unwohl. Ottgar würde es treffen, wenn seine Mutter in ein Kloster verbannt wurde. Obwohl sie ihn in ihrer Geistesstörung häufig schlecht behandelt hatte, hing er an ihr.

Bunduars Heilkünste hatten nicht verhindern können, dass die Königin immer schwächlicher wurde. Ihr Geist war seit Jahren verwirrt. Seit sie – lange nach Ottgars Geburt – ein Kind im achten Monat der Schwangerschaft verlor, verirrte ihr Geist sich immer öfter. Sie wurde danach nicht wieder schwanger und verlor sich in den Wünschen nach einem weiteren Kind.

Bunduar hatte die Naturgeister gebeten, ihr zu helfen, doch selbst sie waren machtlos. Mehrmals war er mit Wilhar zum Moorheiligtum gepilgert und hatte für die Königin einen Bittgottesdienst abgehalten. Vergeblich. Inzwischen erkannte sie häufig nicht einmal den König oder ihren Sohn. Eine ihrer Hofdamen musste ständig um sie sein und sie überwachen, damit ihr nichts zustieß. Sie fand weder ihre eigenen Räume noch einen anderen. Einmal war sie mit einem Messer auf eine alte Hofdame losgegangen. Ein anderes Mal hatte Bunduar sie im letzten Augenblick überreden können, von einer Burgzinne wieder herunterzuklettern und sich nicht in den Burggraben zu stürzen. Seitdem wurde sie in verschlossenen Räumen gehalten und durfte nur unter Bewachung spazieren gehen.

Von ihrem Angriff auf Rowan am Morgen ahnten die Männer sicher noch nichts. Rowan hatte vom Gesinde erfahren, dass auch ihre Ururgroßmutter und ihr Großonkel in geistiger Umnachtung gestorben waren. Natür-

17

lich hatte das Königshaus im Ostland es sorgfältig vertuscht.

König Wilhar soll sehr verliebt und stolz auf seine bildhübsche, kluge Frau gewesen sein. Doch bald nach Ottgars Geburt hatte sie sich verändert. Sie kümmerte sich nicht um den Säugling und geisterte nachts durch die Räume von Wanroe. Aber richtig beängstigend wurde es erst nach der Totgeburt.

Während Rowan noch an der Treppe stand und dem Gespräch mit Neugier folgte, näherte Narian sich König Wilhar und Bunduar, fünf Schritte vor ihnen blieb sie stehen und machte mit gesenktem Haupt einen tiefen Hofknicks. „Verzeiht, Euer Majestät, dass ich ungeladen komme, doch es gab wieder einen Zwischenfall mit der Königin." Sie berichtete von dem Vorfall im Turmzimmer. „Rowan hat sich gerade eben noch ihrer erwehren können. Hinterher hatte sie einige klare Momente. Die ersten seit Monaten."

Wilhar starrte düster in die Flammen. Bunduar nickte Narian zu. „Danke, ich werde mich nachher um die Königin kümmern."

„Oh, sie sitzt jetzt friedlich bei ihren Hofdamen und lauscht der Musik." Sie entfernte sich mit einem Knicks.

„Wenn ich sie in ein Kloster sperre, wird es Schwierigkeiten mit dem Bruder meiner Gemahlin geben. Nein, sie muss am Hofe bleiben."

Bunduar überlegte eine Weile. „Ihr solltet ein Haus für sie bauen lassen mit einem Innenhof, damit sie sich dort frei bewegen und unter Bäumen sitzen kann."

„So ein südländisches Wohnhaus?"

„Genau."

„Innerhalb der Burgmauern habe ich keinen Platz dafür."

Ohne das Bunduar weiter drängte, grübelte er und kam zu einer Lösung. „Wir lassen ein burgähnliches Gebäude in der Vorburg erbauen, es muss dem Gelände angepasst werden und erhält einen überdachten Wehrgang mit Schießscharten." Er grübelte weiter und meinte schließlich. „Aber Rowan muss Wanroe und das Magierreich zu seiner eigenen Sicherheit so schnell wie möglich verlassen. Wer weiß, ob nicht einige Treue ihres Vaters oder Bruders ihren Befehlen gehorchen."

Bunduar nickte. „Ihr habt recht. Ich werde ihn zu König Baruan und Magier Hildrun schicken."

Rowan hörte, wie sich die Tür zum Rittersaal öffnete und jemand eintrat. Es wurde höchste Zeit zu verschwinden, wenn er nicht entdeckt werden wollte. Leise zog er sich zurück und schlüpfte durch die Hintertür hinaus. Obwohl er seit Jahren wünschte, endlich auf Reisen zu gehen und seine Freunde wiederzusehen, freute er sich nicht so sehr, wie er es erwartet hätte. Zu sehr beschäftigte ihn das Erlebte und Gehörte, und so lag er in der Nacht noch lange wach.

Schon am nächsten Tag ritten Bunduar und Rowan zu ihrer einsam gelegenen Hütte im Wald, in der der Obermagier mit seiner Tochter Salawin und dem Enkelsohn lebte. Beim Königshof auf Burg Wanroe weilten sie nur, wenn König Wilhar seinen Magier benötigte, was ziemlich häufig vorkam.

Salawin, Rowans Mutter, hörte sie schon von Weitem nahen und trat zur Tür hinaus, um sie zu begrüßen. Sie war überrascht, sie so bald wiederzusehen. „Wollte Rowan nicht die ganze Chronik lesen?", fragte sie verwundert.

„Und Peruan wollte mich im Schwertkampf ausbilden", sagte Rowan.

„Wilhar hat andere Pläne mit Rowan", erklärte Bunduar kurz. Salawin schaute ihren Vater verwundert an, doch er sprach nicht weiter. Erst als Rowan die Pferde in den Stall führte, um sie zu versorgen, hörte er Bunduar sprechen. Rowan schlich an die vordere Wand und lugte durch einen Spalt zwischen den Holzbrettern. Von hier aus konnte er jedes Wort hören.

„Narfin hat Rowan mit dem Messer angegriffen. Wilhar hat Sorge, dass Rowan auf Burg Wanroe nicht mehr sicher ist, daher schickt er ihn nach Llyllia."

Salawin nickte. „Ich hatte damit gerechnet. Wenn er eine Ritterausbildung erhalten würde, hätte er schon viel früher weggemusst."

Bunduar umarmte sie. „Wir werden ihn vermissen, aber er muss jetzt seinen eigenen Weg gehen und bei anderen lernen."

Dann wurde er ernst. „Ich habe in der Kristallkugel großes Unheil gesehen. Glaub mir, es ist besser, wenn er weit weg und nicht bei uns ist."

Salawin musterte ihren Vater, so ernst sah sie ihn selten. „Wenn es sein muss, muss es sein. Wir müssen unser Schicksal annehmen."

„Die Linie lebt weiter. Rowan wird einst ein großer Magier, bis dahin muss er so viel wie möglich lernen. Er muss so lange in der Fremde weilen, bis er die große Macht, die uns alle bedroht, besiegen kann."

Salawin nickte. „Er wünschte sich doch schon so lange, wieder mit Ottgar zusammen zu sein."

2.

Salawin versuchte, ihre Traurigkeit während der Tage des Abschieds zu verbergen. Sie scherzte und lachte, trotzdem spürte Rowan, wie sich seine Mutter tatsächlich fühlte, und versuchte sie zu trösten. „Es sind doch nur ein paar Jahre. Vielleicht kannst du mich besuchen kommen?"

Sie lachte und wuschelte durch sein Haar. „Natürlich sehen wir uns in ein paar Jahren wieder. Dann werde ich dich gar nicht mehr erkennen, weil du so groß geworden bist. Trotz meiner Trauer, weil du weggehst, freue ich mich für dich und dass du nun erwachsen wirst."

Wenige Tage später brach Bunduar mit Rowan nach Wanroe auf, von wo aus die Reise losgehen sollte. Zum Abschied segnete Salawin ihren Sohn und empfahl ihn der Göttin Jaguar und den Elfen.

Rowan hatte seine wenigen Habseligkeiten in einen Sack gepackt, der am Sattel befestigt wurde. Ihm war ganz mulmig zumute. Schon häufig war er längere Zeit von daheim fort gewesen, hatte sich monatelang auf Wanroe oder auch auf Ranhoe aufgehalten. Zweimal war er sogar mit seinem Großvater in eine der Hafenstädte an der Küste gereist, doch noch nie war er für so eine lange Zeit von Großvater und Mutter getrennt gewesen. Nun wurde er erwachsen. Seine Freunde waren schon vor zwei Jahren und vier Monden an einen fremden Hof geschickt worden, um ihre Ritterausbildung zu machen. Damals war er traurig gewesen, zurückbleiben zu müssen, aber jetzt freute er sich, sie wiederzusehen. Hoffentlich waren sie sich nicht fremd geworden, sondern verstanden sich noch so gut wie früher.

Auf dem Weg nach Wanroe machten sie den Umweg über das Moorheiligtum. Sie banden die Pferde an einen Baum und liefen über den Damm, der zur Moorinsel führte, wo sich das Heiligtum befand. Dort hielt der Oberpriester Garudin für Rowan einen Bittgottesdienst. Mit einem zweiten Priester sagte er die alten Gebete und Fürbitten auf und sang Lieder. Schließlich winkte er Rowan an den Altar und hieß ihn Öle in das Bronzegefäß, in dem Holzkohle brannte, gießen. Die farbigen Flammen schossen hoch auf, weißer Rauch stieg zum Himmel und hüllte die Moorinsel in wohltuende Düfte.

„Die Göttin Jaguar sei mit dir. Gehe mit offenen Augen durch dein Leben, lerne, was du nur kannst und kehre heim zum Wohle des Magierlandes." Sie sangen die altehrwürdigen Lieder des Aufbruchs, und im Anschluss begleitete Garudin Rowan und seinen Großvater bis zum Damm. Dort reichte er Rowan zum Abschied die Hand. „Wir werden einst stolz auf dich sein, wenn du deinen Weg weitergehst wie bisher."

Rowan fühlte die Last, die in diesen Worten lag. Was wäre, wenn er die hohen Erwartungen nicht erfüllen konnte? „Auf Wiedersehen!", verabschiedete er sich mit leiser Stimme. Mehr fiel ihm nicht ein, der Augenblick war zu bewegend.

„Lebe wohl, Rowan. Möge die Göttin immer mit dir sein!", wünschte Garudin.

Rowan schaute ihn fragend an. Garudin lächelte. „Ich bin alt. Mein Leben neigt sich dem Ende zu. Es ist ein Abschied für immer."

Rowan schluckte, dann erwiderte er mit rauer Stimme: „Die Göttin wird sich freuen, einen so starken Geist für ihr Reich zu bekommen."

Garudin legte ihm seine Hand auf den Scheitel. „Dein Großvater und deine Mutter können stolz auf dich sein."

Schweigend liefen Rowan und sein Großvater über den Damm. Rowan spürte einen Kloß in seiner Kehle. Seine Welt in Wanroe würde verändert sein, wenn er in einigen Jahren zurückkehrte. Aus dieser Sicht hatte er seine Abreise bisher noch gar nicht betrachtet.

Als sie den Wald hinter sich gelassen hatten, machte Bunduar ihn auf die Wolken aufmerksam. „Schönwetterwolken, wir bekommen gutes Wetter", stellte Rowan fest.

„Ein gutes Omen", meinte Bunduar.

Auf Wanroe stieg Rowan noch einmal die Wendeltreppe zur Studierstube hinauf und nahm die Chronik zur Hand. Er las das Kapitel, das er beim letzten Besuch nach Narfins Angriff abgebrochen hatten. Die meisten Könige hatten kämpfen müssen. Manche hatten Kriege mit den Nachbarn geführt, andere mussten sich gegen

Drachen und fremde Wesen verteidigen. Aber auch Hungersnöte und Seuchen waren aufgetreten. Fast immer hatte ein Magier an der Seite der Könige gestanden und sie mit Rat und Tat unterstützt. Bunduar hatte Rowan darauf hingewiesen, dass die Chroniken eine Informationsquelle für zukünftige Schwierigkeiten wären.

„Viele Krankheiten sind schon einmal aufgetreten und geheilt worden. Aber auch, wie Kriege beigelegt oder die Drachen vertrieben wurden, steht dort geschrieben. Das Wissen kann dir helfen, falls so etwas wieder auftritt."

Es wurde dunkel. Rowan konnte kaum noch lesen, da die kleinen Fenster nur wenig Licht hereinließen. Also klappte er das Buch zu und erhob sich. Er verließ das Studierzimmer, stieg die steinerne Wendeltreppe hinab und öffnete die Tür, die in den Turm führte.

Als er ins Freie trat, schoss ein Pfeil haarscharf an seinem Arm vorbei und bohrte sich in die Tür.

Mit einem Satz sprang Rowan zurück und warf die Tür zu. Vermutlich befanden sich Angreifer gegenüber dem Turm beim Gesindehaus. Gespannt lauschte er, doch er hörte nichts. Nach einer Weile zog er seinen Umhang aus, nahm eine erloschene Fackel, die nachts zur Beleuchtung diente, aus der Halterung und stülpte den Umhang darüber. Dann öffnete er die Tür einen Spaltbreit und schob die Fackel vorsichtig hindurch. Sofort schlugen zwei Pfeile in die Tür. Ein dritter durchbohrte den Umhang und nagelte ihn an der Tür fest.

Rowan ließ ihn hängen, schlug die Tür zu und verriegelte sie. Hoffentlich befand sich wirklich niemand im Turm. Ein Schauer lief über seinen Rücken. Besorgt lauschte er und blickte sich suchend um.

Schließlich eilte er die Treppe wieder hoch. Auf jeder Etage zögerte er, ehe er an der jeweiligen Kammertür vorbeihastete, auch am Studierzimmer im zweitobersten Stockwerk, bis er oben auf der Wehrplattform stand. Dort verbarg er sich hinter einer Zinne, damit er nicht gesehen wurde, und pfiff, so laut er konnte, auf zwei Fingern, um Hilfe zu rufen. Doch keiner antwortete. Anscheinend waren inzwischen alle im Rittersaal versammelt. Es war Essenszeit. Ob er vermisst würde? Darauf wollte er nicht warten.

Er kramte in dem Beutel, den er am Gürtel trug, und zog ein Elfenfeuer, einen Kegel aus Harz, heraus, stellte ihn auf die Mauer und entzündete ihn mit dem Feuerstein und Zunder. Anschließend sammelte er seine Gedanken, bis sie sich mit der Geisterwelt verbanden.

„Sirii, wo bist du? Ich brauche dringend Hilfe!", rief er den Elfenprinzen, bevor er das Elfenlied anstimmte.

Es dauerte eine Weile, bis es surren hörte. Plötzlich wurde der Elfenprinz Sirii vor seinen Augen sichtbar.

„Hast du dich wieder in Schwierigkeiten gebracht?", fragte Sirii schmunzelnd.

„Was kann ich dafür, dass mir die Königin nach dem Leben trachtet?"

Fragend zog Sirii seine Augenbrauen nach oben.

„Sie mag mich nicht", erklärte Rowan. „Ich denke, es sind ihre Leute, die unten auf die Tür schießen. Wie komme ich jetzt aus dem Turm heraus? Ich habe keine Lust, hier zu übernachten."

Sirii lachte. „Soll ich sie verprügeln oder lieber deinen Großvater holen?"

„Der ist sicher im Rittersaal. Es wäre schön, wenn du Bunduar herbeirufst. Ich weiß nicht, wie lange die Tür die Angreifer abhält. Vielleicht gibt es sogar noch einen geheimen Eingang in den Turm."

„Dann beeile ich mich lieber." Sirii verblasste wieder. Der Elf konnte sich von normalen Menschen ungesehen Bunduar nähern und ihn lautlos um Beistand bitten.

Rowan erschien die Wartezeit ewig, ungeduldig wanderte er hin und her, bis er sich zusammenriss, sich hinsetzte und versuchte, seine innere Mitte zu finden.

Als er Stimmen hörte, schrak er hoch. Leise schlich er an eine der Schießscharten und beugte sich hinaus. Vor dem Turm sah er Bunduar, Wilhar und mehrere Ritter stehen. Sie beratschlagten sich, schließlich ging ein Ritter zur Turmtür und versuchte, sie zu öffnen. In dem Augenblick ertönten hinter dem gegenüberliegenden Gesindehaus laute Schreie. Rowan sah, wie zwei Männer flohen – genau in die Arme des Königs. Die Ritter nahmen sie fest.

Peruan war mit zwei Knappen um das Gesindehaus herumgegangen und als er zurückkam, trugen die Knappen einen dritten Mann. Sirii hatte gründliche Arbeit geleistet. Sicher hatte er sich ihnen unbemerkt genähert, sie überrascht und entwaffnet, bevor sie überhaupt begriffen, dass ihnen ein unsichtbarer, schneller und gewandter Gegner gegenüberstand.

Bunduar blickte nach oben, winkte und rief: „Rowan, du kannst herunterkommen. Die Männer sind gefasst."

So schnell er konnte, eilte Rowan die steile Wendeltreppe hinab, entriegelte die Tür und trat hinaus.

„Ist dir etwas passiert? Bist du verletzt?", fragte Wilhar besorgt und schloss ihn in seine Arme.

„Nein, der erste Pfeil verfehlte mich zum Glück, danach war ich gewarnt." Er zeigte auf seinen Umhang an der Tür.

Wilhar zog den Pfeil heraus und betrachtete ihn. „Das werden sie mir büßen", murmelte er.

„Lass uns essen gehen. Rowan hat sicher Hunger", schlug Bunduar vor. Er fasste Rowan an die Schulter und schob ihn in Richtung Rittersaal.

Während sie tafelten, unterhielten sie sich aufgeregt über den Angriff auf Rowan. Kaum einer lauschte dem Spielmann, der auf seiner Laute Balladen und Liebeslieder spielte. Zwischendurch stand Wilhar auf und verschwand. Als er wiederkam, sah er noch blasser als vorher aus. Er nickte Bunduar und Rowan zu, dass sie mitkommen sollten. Gemeinsam verließen sie den Saal und betraten durch eine Tür die neben dem Rittersaal liegende Hofkammer.

Wilhar schloss die Tür sorgfältig, dann zog er sich in eine entfernte Fensternische zurück.

Bunduar sah ihn auffordernd an.

„Es ist so, wie ich befürchtet habe. Die drei Männer sind Getreue von König Hroal aus dem Ostreich. Er hat sie geschickt, weil er besorgt über die Berichte von Königin Narfin war, die sich vermeintlich in Todesgefahr befand, angeblich einmal einen Giftanschlag nur knapp entkommen war. Narfin hat diese Männer aufgehetzt, ihnen erzählt, dass Rowan Ottgar und ihr nach dem Leben trachtet. Sie bat sie, ihren Sohn und sie zu schützen, versprach ihnen sogar Ländereien, wenn sie Rowan umbringen."

„Steckt nur Narfin dahinter?", fragte Bunduar.

Wilhar nickte. „Hroal weiß anscheinend nichts davon. Er hat auch keine Ahnung, wie krank seine Schwester wirklich ist. Ich werde ihn einladen, damit er sich selbst ein Bild von ihrem Zustand machen kann. Solange werden die Männer meine Gefangenen bleiben. Hroal kann dann entscheiden, was mit ihnen passiert."

Bunduar nickte. „Es wird Zeit, dass wir aufbrechen. Sowohl Cajan als auch Llylia sind mit dem Ostreich nicht so eng verbunden, als dass sich Freunde der ostianischen Königsfamilie dort unbemerkt bewegen können."

Nachdem sie beschlossen hatten, dass Rowan so schnell wie möglich Burg Wanroe verlassen sollte, kehrten sie in den Rittersaal zurück. Obwohl Rowan müde war, blieb er lange sitzen. Er war so aufgewühlt, dass an Schlafen nicht zu denken war. Erst spät legte er sich endlich in Bunduars Kammer zur Ruhe, während Bunduar die Gefangenen besuchte, um sie selbst noch einmal zu befragen.

Wilhar wirkte niedergeschlagen, als Rowan ein paar Tage danach mit seinem Großvater und Peruan zum Burgtor hinausritt. Auch er hatte ihm seinen Segen gegeben. Sicher vermisste er Ottgar und wäre gerne mitgekommen, überlegte Rowan. Leider war das Krönungsfest, zu dem König Wilhar und sein Gefolge eingeladen war, im Sumpfland und nicht in Cajan. Aber wenigstens Peruan, der alte Waffenmeister des Königs, begleitete sie auf der Reise, um seinen Enkel Mardok in Cajan zu besuchen. Als ob Peruan seine Gedanken gelesen hätte, meinte er: „Sicher wird der llyllianische Prinz bald heiraten, dann werden Wilhar und wir nach Llyllia reisen und euch dort treffen."

Rowan grinste Peruan an. „Hoffentlich überlegen die Brautleute es sich nicht noch anders."

Die beiden Männer lachten. „Könige dürfen nicht wankelmütig sein."

Nach zwei Tagen erreichten sie abends Burg Ranhoe, kurz bevor die Tore geschlossen wurden. Rowan erinnerte sich an den Ritt, den er vor ein paar Jahren allein unternommen hatte, als er sich einfach – ohne um Erlaubnis zu fragen – das Zauberpferd Scharus genommen hatte und Ottgar und Mardok gefolgt war. Damals hatte er viel länger für die Strecke gebraucht.

Herzog Burgwan hieß sie herzlich willkommen. Er versprach Rowan, ihm am nächsten Tag eine Übungsstunde im Schwertkampf zu geben. „Ich freue mich immer, einen begabten Schüler zu unterrichten."

Am frühen Morgen setzte sich Rowan auf den Wehrgang und sammelte seine innere Kraft, um in der Übungsstunde mit Burgwan aufmerksam kämpfen zu können. Als die Sonne höher stieg und über die Burgmauer schien, stand er auf und ging die Treppe in den Burghof hinunter.

Burgwans Knappe brachte ihm eine Rüstung, die Burgwan selbst als Jugendlicher getragen hatte, und ein Schwert. Dann half er ihm, sich anzuziehen. Rowan kämpfte eigentlich lieber leichtgerüstet, da er dann beweglicher war. Leichtfüßig konnte er den meisten Treffern ausweichen. Andere fing er mit seinem Schild ab. Mit der unhandlichen Rüstung würde er seine Vorteile nicht ausspielen können. Doch Burgwan wollte ihm eine Lehrstunde geben, also musste er sich seinen Wünschen beugen.

Unbeholfen lief Rowan zum Brunnen und ließ sich auf einen Stein davor nieder.

Kurz darauf erschienen Burgwan und Peruan. Rowan stand auf, grüßte und schloss sein Visier.

Burgwan grüßte auch und wartete, bis Rowan in Stellung gegangen war. Dann griff er ihn an. Er bewegte sich langsam und ließ Rowan Zeit zu reagieren. Bald tauschten sie ihre Schläge schneller. Rowan parierte geschickt und flink, aber er spürte, dass Burgwan nur mit halber Kraft kämpfte. Kein Wunder, der durchtrainierte Herzog war auch viel stärker als er. Doch er zeigte ihm Finten und freute sich, wenn Rowan sie sich gleich aneignete. Nach einer Stunde wurde Rowan müde und Burgwan hörte auf.

„Wir können morgen wieder üben!", schlug er vor.

Rowan öffnete das Visier. „Großvater will seinen Freund Zonbuar besuchen, und ich soll ihn begleiten."

„Ich werde mit Bunduar sprechen und ihn bitten, dich weiter unterrichten zu dürfen", versprach Burgwan.

Nachdem der Knappe ihm geholfen hatte, die Rüstung abzulegen, ging Rowan in die Küche und ließ sich Brot und Käse geben. Damit setzte er sich auf den Stein am Brunnen und aß genüsslich.

Herzogin Jarlin kam vorbei und wechselte ein paar Worte mit ihm. Bevor sie sich verabschiedete, fragte sie: „Könntest du meiner Tochter ein paar Stunden Ostianisch-Unterricht geben?" Als Rowan nickte, bedankte sie sich und ging hinein. Kurz darauf erschien ihre Tochter und zwei Pflegekinder. Sie setzten sich zu ihm und unterhielten sich auf Ostianisch. Rowan beherrschte diese Sprache gut, da Königin Narfin aus dem Ostland stammte und einige Gefolgsleute mitgebracht hatte. Er hatte sich häufig mit ihnen unterhalten. Sein Großvater hatte ihn immer dazu ermuntert. „Es ist gut, wenn du früh weitere Sprachen lernst, dann wird es dir leichter fallen, bei anderen Magiern zu lernen."

„Ich soll einen Prinzen im Ostland heiraten und Mutter will, dass ich die Sprache spreche, bevor ich an den Hof von König Hroal gehe", erklärte Murin.

Rowan versprach, in den nächsten Tagen nur noch Ostianisch mit ihr zu sprechen. Er brachte ihr auch zwei beliebte Volksweisen bei, die sie mit wunderschöner Stimme sang.

„Dein Verlobter wird begeistert sein", sagte Rowan.

Murin verzog ihr Gesicht. „Ich will nicht weg."

Rowan nickte ihr aufmunternd zu: „Du bist sehr jung. Aber deine Eltern haben deinen Verlobten sicher sorgfältig ausgesucht."

Murin lächelte und sie sah mit ihren dunklen, langen Haaren wie eine kleine Elfe aus. „Sie haben den jüngeren Bruder genommen, der ältere gilt als unbeherrscht und jähzornig, aber der jüngere soll sanftmütig und klug sein."

„Dann erwartet dich sicher eine gute Ehe", tröstete Rowan.

Anschließend ritt Rowan mit Burgwans Leuten aus. Einige Pferde mussten geschult werden. Die Tiere waren jung und brauchten eine lange Ausbildung, um als Kampfrosse genutzt zu werden. Die Gelegenheit, etwas Neues zu lernen, reizte Rowan und er hatte darum gebeten, mitreiten zu dürfen.

Der älteste Pferdeknecht blieb in Rowans Nähe und gab ihm Anweisungen, auf was er zu achten hatte. Bisher war Rowan nur geritten, aber ein junges Pferd hatte er noch nie geschult. Begeistert sog er alles auf, was der erfahrene Pferdeknecht ihn lehrte.

Am Abend sang er auf Wunsch von Herzogin Jarlin vor dem Feuer alte Balladen, und da er auch gleich an Murins Schulung dachte, mischte er immer wieder einige ostianische Lieder darunter. Als er heiser wurde, entschuldigte er sich, ging in sein Schlafgemach und fiel müde ins Bett.

3.

Als Rowan am nächsten Morgen aufwachte, war sein Großvater schon gewaschen und angezogen. „Wenn du dich beeilst, kannst du noch eine Stunde mit Burgwan üben, bevor wir zu Zonbuar gehen."

Rowan ließ es sich nicht zweimal sagen. Flink zog er sein Obergewand an, schlüpfte in die Sandalen und stürzte nach draußen. Dort wartete der Knappe bereits und half ihm in die Rüstung. Diesmal kam Rowan schon besser damit zurecht, aber noch immer fühlte er sich unter dem Gewicht unbeholfen und schlapp. Er würde sicher noch lange üben müssen, um auch mit Rüstung halbwegs beweglich zu sein.

Er überlegte, während Burgwan auf ihn zukam, was sie am Tag vorher geübt hatten. Ein Ausfallschritt und dann das Schwert von unten nach oben stoßen. Er übte es trocken.

„So ähnlich!" Burgwan zeigte es ihm noch einmal und Rowan wiederholte es so oft, bis Burgwan zufrieden war.

„Wenn du einen Ritter brauchst, der dich ausbildet, kannst du zu mir kommen."

„Herr, ich würde es gern machen. Aber ich reite mit Großvater und Peruan nach Cajan. Und in einem halben Jahr reise ich mit Ottgar nach Llyllia."

Burgwan lachte und zwinkerte ihm zu. „Ich weiß, ich weiß. Aber wenn sie mit dir unzufrieden sind, kannst du immer noch mich fragen."

„Danke, das mache ich gern!" Rowan grüßte und schloss sein Visier. Diesmal begann er. Er umkreiste Burgwan, aber der zeigte keine Blöße, daher stieß Rowan einfach drauf zu. Natürlich wehrte Burgwan mit einer leichten, kaum sichtbaren Bewegung Rowans Schwert ab, nur um jetzt seinerseits den Jungen anzugreifen. Rowan schaffte es geradeso, das Schwert zur Seite zu drücken und so den Schlag abzuwehren. Heute war Burgwan in seinen Bewegungen etwas schneller als am Vortag. Ohne Rüstung hätte Rowan auch keine Probleme mit der Geschwindigkeit gehabt, aber mit dem Gewicht brauchte er für alles etwas länger. Dennoch machte ihm die Übungsstunde viel Spaß.

Die Stunde war viel zu schnell vorbei. Rowan bedankte sich bei Burgwan für den Unterricht, schlüpfte mithilfe des Knappen aus der Rüstung und wusch sich am Brunnen. Dann drängte sein Großvater auch schon zum Aufbruch. Er hatte Rowans Sachen gepackt und reichte ihm ein Bündel. Von einem Reitknecht begleitet, ritten sie Richtung Berge. Als es steiler wurde, saßen sie ab und der Reitknecht kehrte mit den Pferden um, während Bunduar und Rowan bergauf marschierten.

Bald erreichten sie den umgestürzten Baum, unter dem Rowan und Heilin, ein Mädchen aus dem Dorf, vor Jahren Schutz vor den Drachen gesucht hatten. Mit Unbehagen erinnerte Rowan sich an dieses Erlebnis. Etwas weiter oben, gab es eine freie Stelle mit einem wunderbaren Blick über das Tal. Hier rasteten sie. Hungrig schlang Rowan Brot und Käse hinunter. Er hatte sich schon so viel bewegt und bisher noch nichts gegessen. Seine Mutter achtete daheim immer darauf, dass er gleich zu Tagesbeginn etwas aß.

Nach der kurzen Verschnaufpause stiegen sie weiter bergan. Sie kamen zu der schmalen Klamm, in der die Drachen angegriffen hatten. Rowan fühlte sich beklommen. Er achtete auf den Weg, denn die Felsen waren rutschig und uneben. Doch die Sonne schien senkrecht hinein und die Schlucht wirkte viel freundlicher als damals. Sie kamen gut voran, obwohl Rowan von der Übungsstunde etwas müde war.

Bald erreichten sie den Wasserfall. Da sie gut in der Zeit lagen, setzten sie sich wie damals auf die bemoosten Steine davor. Rowan schaute auf den Wasserschleier und versenkte sich in seiner Vorstellung darin. Ein grimmiges Gesicht erschien.

„Was willst du schon wieder?", grollte der Wassergeist.

„Dir für unsere Rettung danken", erwiderte Rowan und lächelte ihn freundlich an. „Ohne Hilfe von dir und deinen Freunden hätten wir die Drachen nicht vertreiben können."

„Blödsinn. Du hattest auch die Elfen um Rettung gebeten", knurrte der Geist. Doch Rowan spürte, dass er sich insgeheim über die Worte freute, und fuhr fort: „Aber du hast mich zuerst unterstützt. Mit deinem Regen hast du einen Waldbrand verhindert. Außerdem unterhalte ich mich gern mit dir. Du wolltest mir doch noch von deinem Bruder, dem Bach erzählen."

„Den kennst du längst, ihr seid damals in seine Auen geflüchtet."

„Und warum kamen uns die Drachen nicht hinterher?" Noch immer kannte Rowan den Grund dafür nicht.

„Sie sind so schwer und können im Sumpf nicht landen. Außerdem mögen sie Wasser nicht."

„Auch keinen Regen?", fragte Rowan überrascht. Er konnte sich nicht vorstellen, dass es Lebewesen gab, die keinen Regen vertrugen.

„Auch keinen Regen. Er verklebt ihre Haut und sie können nicht mehr so gut fliegen."

„Wer ist deine Mutter? Und wer dein Vater?", fragte Rowan.

„Unsere Mutter sind die Felsen. Wir sind viele Geschwister. Unser Vater ist der Regen. Mein Bruder entsprang diesen Bergen und den sanften Hügeln dahinten. Hier im Tal vereinigen sich seine beiden Zweige zu einem größeren Bach mit weiten Auen. Mein Wasser rinnt die Klamm hinab und trifft sich dann mit meinem Bruder. Ursprünglich wohnte er weiter weg, fast auf der anderen Talseite, doch da er sah, dass ich noch klein und schwach war, kam er mir zu Hilfe und näherte sich unseren Bergen. Bei Vollmond kommt er zu Besuch und erzählt mir von fernen Gegenden, durch die er fließt. Ein paar Tagesreisen entfernt ergießt er sich in den großen Fluss, und gemeinsam eilen sie weiter bis zum Meer. Mein Bruder sieht große Städte und viele Schiffe, die auf seinem Cousin, dem Fluss schwimmen. Ich hingegen erzähle ihm von den einsamen Wanderern, die bei mir vorbeikommen. Von dem Magier, der auf der Wiese dahinten lebt – und von seinen Besuchern."

Rowan berichtete ihm von den Burgen Wanroe und Ranhoe, von dem König und dem Herzog und vom Moorheiligtum mit den Priestern.

„Rowan, wir müssen weiter, wenn wir Zonbuar erreichen wollen, bevor es dunkel wird", ertönte die Stimme seines Großvaters plötzlich.

Bunduars Ermahnung riss ihn aus dem Zwiegespräch. Er verabschiedete sich höflich vom Wasserfallgeist und sprang seinem Großvater hinterher.

„Du sollst nicht immer so viel schwatzen", tadelte Großvater.

„Der arme Wasserfall kommt nie irgendwohin, er freut sich, wenn Wanderer ihm etwas erzählen."

Großvater antwortete nicht, sondern schritt kräftig aus, und um mitzuhalten brauchte Rowan seine Luft zum Laufen, deshalb schwieg er.

Bald erreichten sie die Wiese oberhalb der Bäume, wie immer grasten ein paar Ziegen darauf. Aus der Hütte stieg Rauch auf; Zonbuar kochte schon. Ob er sie bereits gesehen hatte?

Als sie kurz vor der Hütte waren, ging die Tür auf und Zonbuar trat hinaus. „Seid gegrüßt!" Er umarmte Bunduar und danach Rowan.

„Ich habe Käse warm gemacht", sagte er und deckte den Tisch vor der Hütte mit Bechern und einem Wasserkrug. Anschließend stellte er einen Topf darauf und reichte jedem einen Spieß. Dazu legte er einen großen Laib Brot auf den Tisch. Es roch vorzüglich und Rowan lief das Wasser im Mund zusammen. Er sah zu, wie Zonbuar ein Stück davon abbrach, es auf den Spieß steckte und damit Käse aus dem Topf holte. Rowan tat es ihm nach. Es schmeckte köstlich. „Hm, lecker!", lobte er.

Hinterher gab es Waldbeeren, die Zonbuar frisch gepflückt hatte.

„Hast du uns erwartet?", fragte Rowan.

„Nein, ich hatte die Beeren gesammelt, um sie zu trocknen. Sie helfen bei Nierenbeschwerden und Erkältung." Er versprach, Rowan am nächsten Tag auf eine Wanderung mitzunehmen, um einige Pilze und Pflanzen zu sammeln. Nach dem Essen molk Rowan wie das letzte Mal, als sie zu Besuch waren, die Ziegen. Dann beobachtete er, wie Zonbuar Bunduar zeigte, wie er ein neues Mittel mit Gebirgspflanzen zubereitete. „Es hilft gegen Kinderlosigkeit."

„Für die Königin ist es zu spät", gab Bunduar zu bedenken.

„Aber sie ist doch noch gar nicht so alt."

Sein Großvater winkte ab. „Sie wird keine Kinder mehr bekommen können." Mit leiser Stimme erzählte er von ihrer geistigen Verwirrung.

Zonbuar nickte. „Davon sprach man in den Dörfern schon vor der Hochzeit. Ihre Familie ist vorbelastet. Ihre Ururgroßmutter hat hier im nahe gelegenen Kloster gelebt, da sie in keiner Burg mehr betreut werden konnte. Die Bergluft und die Abgeschiedenheit haben sie friedlicher gemacht. Sie hat ihre Tage fast gänzlich im Innenhof des Klosters verbracht. Einige Sänger und Musiker besuchten und spielten für sie."

Bunduar nickte. „Davon habe ich inzwischen auch gehört. Aber leider erst hinterher, als die Königin eine Totgeburt erlitt und sich vor Schmerzen verlor."

Zonbuar nickte. „Im Kloster wurden Bittgottesdienste gehalten, aber es half nichts. Genauso wenig wie sie die Ururgroßmutter wirklich heilen konnten."

Rowan schlief in der Nacht tief und traumlos. Vor Sonnenaufgang hörte er Zonbuar hantieren und öffnete die Augen. Bunduar war schon aufgestanden, stand an der Quelle und wusch sich. Rowan folgte seinem Beispiel, obwohl es noch recht frisch war. Dann aßen sie den Brei, den Zonbuar mit Früchten aus seinem Garten bereichert hatte.

Zu dritt brachen sie auf, überquerten den Bach unterhalb des Wasserfalls und suchten im Wald dahinter Früchte, Kräuter und Pilze.

Sie näherten sich dem Kloster, das weit unter ihnen lag. Hier oben befand sich eine schmale Spalte im Felsen, so als sei der Berg an dieser Stelle aufgerissen. Rowan spürte die Kraft, die von diesem Platz ausging.

„Ich denke, die Drachen wollten diesen heiligen Platz im Magierland erobern. Dazu müssen sie natürlich den König und seinen Magier vernichten. Sie haben Zeit, es muss nicht Wilhar sein, es kann auch in ein paar Jahren Ottgar oder sein Sohn sein. Aus dieser Spalte, aus der die Erdgeister strömen, können die Drachen neue Kraft schöpfen. Dann würde sie keiner mehr besiegen können." Zonbuar winkte Rowan, näher an die Spalte zu treten, doch Rowan fühlte sich unwohl und wich zurück.

„Ist das eine helle Kraft?", fragte er verunsichert.

Bunduar sah ihn ernst an. „Hier war einst die Kraftquelle der Drachen. Doch sie wollten die Göttin Jaguar nicht anerkennen und kämpften zusammen mit den Berggeistern gegen die Göttin. Nach vielen Jahrzehnten siegte die Göttin und machte sich die Geister untertan. Die Drachen, die früher einmal den Magiern gedient hatten, verzogen sich in den hohen Norden. Die Mönche des Felsenklosters passen auf, damit die Kräfte nicht in falsche Hände geraten."

„Aber das Kloster ist so weit weg, wie können sie dann darauf achtgeben!", widersprach Rowan.

„Die Mönche spüren diese dunkle Kraft wie du, deshalb ziehen sie nicht näher. Außerdem ist da unten der heilige Felsen, aus dem die Mönche ihre Kraft schöpfen."

Rowan erschauderte. Dort hatten sie einst nach dem Sieg über die Drachen ihren Dankgottesdienst abgehalten, bei dem er sich unwohl fühlte, weil er eine unheimliche Kraft gespürt hatte. Eine ganz andere, weniger lichtvolle Kraft als an der Heidequelle oder im Moorheiligtum. Der magische Ort früherer Götter.

„Und wenn die Drachen wiederkommen?", fragte er besorgt.

„Dann werden sich die Mönche ihnen entgegenstellen. Ihre Gebete und Gesänge mögen weder die Drachen noch die dunklen Erdgeister. Zum Glück kehren sich immer mehr Geister von den alten Riten ab und schließen mit uns Freundschaft."

„So wie der Wassergeist vom Wasserfall."

Bunduar nickte: „So wie er. Zonbuar hat ihn überzeugt, dass die Göttin es nicht böse mit ihm meint, seitdem vertraut er uns und hilft uns."

„Und Bunduar hat mit dem Felsengeist Freundschaft geschlossen", ergänzte Zonbuar.

„Auch Rowan scheint mit dem Wasserfallgeist befreundet zu sein", fügte Bunduar schmunzelnd hinzu.

Sie gingen zurück, wobei sie ein Stück höher stiegen. Oberhalb der Baumgrenze zeigte Zonbuar Rowan weitere Pflanzen.

„Wenn du einen Lehrmeister brauchst, kannst du gerne zu mir kommen. Ich würde mich freuen, einen aufgeweckten Schüler wie dich zu haben", bot Zonbuar an. Rowan strahlte und bedankte sich für das freundliche Angebot.

Am nächsten Tag wanderten sie zum Berggipfel. Rowan legte sich auf den Bauch und schaute den Steilhang hinunter. Tatsächlich wuchs da noch immer das Feenhaar.

„Du darfst einen Zweig abbrechen", sagte Zonbuar.

Das Feenhaar war sehr selten und wuchst nur an steilen Berghängen, deshalb umklammerte Bunduar seine Fesseln, damit er nicht abstürzte. Rowan hielt die Fürsorge seines Großvaters für übertrieben, schließlich war er inzwischen viel größer und reifer, als bei seinem letzten Besuch auf diesem Berg. Trotz seines Unmuts sang er ein Dankeslied, bevor er einen Zweig mit vielen feinen Haaren abbrach. Den reichte er Zonbuar, der ebenfalls ein magisches Lied mit seiner dunklen Stimme anstimmte.

Die Sonne neigte sich bereits tief herab, deshalb beeilten sie sich zurückzukommen. Die Ziegen liefen ihnen schon entgegen, da sie auf das Melken warteten.

Rowan schnappte sich einen Eimer und machte sich an die Arbeit, während Zonbuar ihr Abendessen zubereitete und Bunduar die Kräuter zum Trocknen aufhängte. Nach dem Mahl saßen sie lange auf der Bank vor der Hütte, beobachteten Sternschnuppen am wolkenlosen Himmel und unterhielten sich leise, um die Natur und ihre Geister nicht zu stören.

Noch bevor die Sonne aufging, stiegen sie auf einen Berg, der etwas weiter hinten lag. Auf dem Gipfel, der bis zu den Wolken reichte, fühlte Rowan sich dem Himmel ganz nah. Hier opferte Zonbuar der Göttin Jaguar und den Himmelsgeistern. Alle drei sangen und meditierten stundenlang. Später erzählte Zonbuar, wie er vor Jahren während einer großen Überschwemmung hierhergelaufen war, gebetet und gefastet hatte, bis die Göttin ein Einsehen hatte und die Wassergeister zurückrief.

„Selbst unsere Priester mussten damals das Moorheiligtum verlassen, da es unter Wasser stand", erzählte Bunduar.

Diesmal stiegen sie früher hinab und aßen wieder im Freien vor der Hütte. Zonbuar lehrte Rowan ein paar Heil- und Dankeslieder und zeigte, wie er die Kräuter mit bestimmten Sprüchen wirksamer machen konnte. Wissbegierig sog Rowan alles in sich auf.

Am folgenden Tag nahmen sie Abschied, doch Rowan spürte, dass er noch öfter hierher zurückkommen würde.

Zonbuar war wie ein Onkel oder großer Bruder zu ihm. Er fühlte sich hier wohl und vertraute dem Einsiedler.

Am Wasserfall rasteten sie und ließen sich in einen meditativen Zustand sinken. Diesmal begrüßte der Geist Rowan freundlich. „Du bist nett und hilfsbereit und nicht so herrisch wie einige der Magier", sagte er und bot ihm an, ihn jederzeit zu unterstützen.

„Siehe zu, solche Freundschaften zu gewinnen und zu pflegen, du wirst sie einst brauchen", erklärte Bunduar und drückte ermunternd Rowans Schulter. Sie stiegen weiter hinab. Der Himmel war bedeckt, trotzdem wirkte die Klamm diesmal nicht so furchteinflößend wie die früheren Male. Der Reitknecht wartete schon auf sie, als sie endlich das Tal erreichten. Er hatte ein paar Pferde von Burgwan mitgebracht, da ihre eigenen sich für die weitere Reise ausruhen sollten.

Als sie die Vorburg am späten Nachmittag erreichten, sahen sie die Bogenschützen üben. Rowan gesellte sich zu ihnen und erhielt wertvoll Ratschläge. Inzwischen schoss er ganz gut, aber er würde sicher nie ein so sicherer Schütze wie die Besten von ihnen werden.

„Wir haben jahrelang geübt, bis wir es konnten", tröstete ihn ein alter Schütze. Er war berühmt dafür, dass er von einem galoppierenden Pferd einen gepanzerten Gegner tödlich treffen konnte.

„Wenn du eines Tages wiederkommst, zeige ich es dir!", versprach er.

„Auf das Angebot werde ich gern zurückkommen", erklärte Rowan. Dann lief er hinein, um nicht zu spät zum Essen zu kommen.

Kurz nach Sonnenaufgang gab Burgwan Rowan eine letzte Unterrichtsstunde im Schwertkampf.

„Warum muss ich in der Rüstung kämpfen, wo eure Ritter doch dafür berühmt sind, dass sie leicht bewaffnet und schnell sind?", fragte Rowan.

„Weil du leicht und schnell bist." Burgwan lachte. „Du weißt doch, wir müssen das besonders üben, was uns schwerfällt."

Rowan nickte und quälte sich mit dem Gewicht herum. Trotzdem versuchte er, flink zu sein, was ihm teilweise gelang, da er häufig die Aktionen seines Gegners im Voraus ahnte.

„Gut", lobte Burgwan und griff ihn wieder an. Natürlich kämpfte der Herzog nicht mit voller Kraft, trotzdem gab er sich Mühe, Rowan auf besondere Art anzugreifen, um das Erlernte abzufordern.

Rowan war ein gelehriger Schüler, das meiste Neue konnte er sofort umsetzen.

Er spürte plötzlich, dass ihn jemand beobachtete, und wandte den Kopf zur Seite. Da stand niemand, aber durch diese Störung konnte Burgwan einen Treffer landen.

„Du darfst dich nie ablenken lassen, du musst immer den Gegner im Auge behalten", ermahnte er ihn.

Rowan sah hoch. Oben am Fenster des Rittersaals stand Peruan und schaute zu. Sein Gefühl hatte ihn also nicht betrogen, doch woher sollte er wissen, ob er von einem Freund oder einem Feind beobachtet wurde?

„Ich weiß", sagte er schuldbewusst zu Burgwan. Was nützte es, wenn er den Feind am anderen Ende des Schlachtfeldes beachtete und sein direkter Gegner ihn durchbohrte?

Burgwan gab ihm Zeit, sich zu sammeln, bevor er ihn wieder angriff. Inzwischen war Rowan ermüdet und konnte die Hiebe nicht mehr schnell genug abwehren, deshalb beschloss Burgwan, die Schulung zu beenden.

„Wenn du wieder einmal in der Nähe bist, schau bei uns vorbei. Dann zeige ich dir weitere Kniffe", versprach Burgwan zum Abschied. Rowan nickte und bedankte sich.

Kaum hatte der Knappe ihm aus der Rüstung herausgeholfen, wartete die Burgherrin schon mit einer Schüssel köstlichem süßen Getreidebrei.

„Du musst kräftig essen, ihr habt eine weite Reise vor euch", sagte sie und bedankte sich für seinen Sprachunterricht.

„Murin lernt schnell", lobte er seine Schülerin und Jarlin lachte. „Du bist ein kleiner Schmeichler."

„Es stimmt aber."

Jarlin erzählte ihm, dass seine Mutter vor Jahren auf der Burg ihres Vaters gelebt hatte. „Wir freuen uns, wenn du einmal wieder hier weilst", sagte sie zum Abschied und reichte ihm die Hand.

Murin stand vor dem Stall und hielt sein Pferd. Auch sie bedankte sich für die hilfreiche Unterweisung. „Vielleicht besuchst du mich im Ostland! Ich freue mich, wenn ich dort Bekannte treffe."

„Wenn ich dort hingehe, sicher."

Sie bestiegen die Pferde und Rowan hob die Hand zum Abschiedsgruß.

Burgwan begleitete seine Gäste noch bis zum Talende. Er wünschte Rowan alles Gute für seine Zukunft. Niedergeschlagen ritt der Junge an Bunduars und Peruans Seite weiter. Es waren die letzten guten Freunde, die er für eine lange Zeit nicht sehen würde.

4.

Zwei Tagesritte blieben sie noch zusammen, dann trennte sich Peruan am Morgen von ihnen, da er die Burgen der Küstenstädte besuchen wollte, bevor er nach Cajan weiterreiste. Während Bunduar mit Rowan direkt zu König Haldurs Hof im Nordwesten aufbrach.

„Behalte meinen alten Scharus. Er fühlt sich bei dir wohl. Als Schlachtross taugt der Wallach nichts mehr, dafür ist er zu alt, aber er ist ein treuer Kamerad."

„Und ein kluges, weises Tier. Er hat mich mindestens zweimal vor einer Gefahr bewahrt." Rowan dankte Peruan, dass er das Tier behalten durfte. Er wusste, dass der Waffenmeister sehr an seinem treuen Kameraden hing, umso wertvoller war dieses Geschenk.

Rowan schaute ihm lange hinterher. Peruan war schon alt, älter als sein Großvater. Würden sie sich in Cajan treffen? Würde er ihn je wiedersehen?

Schweigend ritten Bunduar und Rowan weiter und machten kurz vor Sonnenuntergang in einer Schäferhütte halt. Der alte Großvater der Schäferfamilie lag krank im Bett.

Sein Rheuma hatte seine Glieder, vor allem seine Hände, verformt, und er litt große Schmerzen. Bunduar suchte gleich ein paar Heilkräuter heraus und braute einen Sud, den er dem Alten einflößte, dazu sang er beruhigende Heil-Lieder. Schnell entspannte sich der Greis und lächelte den Magier dankbar an.

„Ich lasse euch einen Sack Kräuter da, davon soll er jeden Tag einen Becher voll trinken", sagte Bunduar und reichte der Schwiegertochter den Beutel. Als er sich umdrehte, war der Alte schon eingeschlafen.

Rowan und Bunduar übernachteten im Stall und schliefen im Heu, obwohl der Schäfer angeboten hatte, seine Schlafstatt zu räumen. Aber davon wollte Bunduar nichts wissen. „Ihr müsst morgen hart arbeiten, da vertreibe ich euch nicht aus eurem Bett." Und da der Schäfer widersprechen wollte, fuhr er fort: „Außerdem müssen wir unsere Pferde bewachen, es sollen sich Pferdediebe in der Gegend herumtreiben."

Davon hatten die Schäfersleute nichts gehört, ließen aber voller Sorge einen ihrer Hunde des Nachts bei den Gästen wachen. Am frühen Morgen brachen sie noch vor Sonnenaufgang auf.

Gegen Mittag erreichten die Reisenden Wulit, den großen Fluss. Sie ritten am Ufer entlang, bis sie schließlich eine Fähre fanden.

„Hol rüber!", rief Bunduar und bald konnten sie sehen, wie der Fährmann zum Kahn eilte und ihn losband. Er stieß sich mit einem Stab ab und die Strömung trieb der Kahn in die Mitte und weiter zu ihrem Ufer hinüber.

Als sie die Fähre besteigen wollten, scheute Bunduars Pferd, aber der Magier hielt es fest am Zügel und flüsterte beruhigend. Scharus hingegen betrachtete das Boot neugierig, bevor er Rowan am langen Zügel brav Schritt für Schritt folgte. Er schnaubte leise und rieb seinen Kopf an Rowans Ärmel. Damit schien er Bunduars Pferd zu überzeugen, denn jetzt ließ sich das unruhige Tier auch auf die Fähre führen.

„Sind heute schon Reisende vorbeigekommen?", fragte Bunduar und zog eine Münze aus seiner Tasche.

„Heute nicht, aber gestern ist eine größere Gruppe gefahren. Ritter, die bedrohlich wirkten und in den Norden wollten, und zwei Händler, die mit ihren Karren unterwegs waren."

„Einheimische Ritter?", fragte Bunduar.

„Nein, sie waren merkwürdig gekleidet und sprachen so komisch, ich konnte sie nicht verstehen. Sie haben weder gegrüßt, noch mit mir gesprochen."

Bunduar starrte auf das Wasser. Rowan konnte an seinem Gesichtsausdruck erkennen, dass ihn etwas beschäftigte, aber er fragte seinen Großvater nicht nach dem Grund. Bald erreichten sie das gegenüberliegende Ufer, bedankten sich beim Fährmann und führten die Pferde an Land.

„Ist etwas mit den Rittern?", fragte Rowan nun seinen Großvater, als sie die Fähre weit hinter sich gelassen hatten.

„Normalerweise erfährt Wilhar es, wenn Fremde im Land sind."

„Vielleicht waren wir schon von Wanroe weg, als er es erfuhr?"

Bunduar antwortete nur: „Vielleicht."

Es klang in Rowans Ohren eher nach nein. Ob Bunduar mit Wilhar ausgemacht hatte, dass er Boten oder wenigstens Brieftauben hinterherschicken würde, wenn etwas passierte? Aber Rowan verstand nicht, warum fremde Ritter seinen Großvater beunruhigten. Schließlich kamen ständig fremde Händler und Ritter ins Land.

Er grübelte eine Weile darüber nach, ohne einen Grund zu finden. Dann fiel ihm wieder ein, dass er sich beim Kampf hatte ablenken lassen. Also erzählte er seinem Großvater davon.

„Wenn ich spüre, dass ich beobachtet werde, kann es eine Gefahr sein, und ich muss nachsehen, ob es vielleicht ein neuer Gegner ist. Dann schau ich aber meinen unmittelbaren Gegner nicht mehr an und sehe nicht, was er macht. Was kann ich tun?"

„Hat Burgwan dich deshalb getroffen?"

„Er hätte mich im Ernstfall getötet", gestand Rowan kleinlaut.

Bunduar lachte. „Momentan würde er dich im Ernstfall immer schlagen."

„Er ist auch viel kräftiger; ich bin ja noch kein Mann", gab Rowan zu.

„Burgwan hat ein gutes Auge, ist schnell, stark und sehr erfahren."

Rowan nickte. Er würde gern weiter bei Burgwan lernen, er wusste vieles und konnte es ihm gut erklären.

„Genauso ist es mit deinen magischen Fähigkeiten. Noch bist du ihrer nicht sicher genug, aber mit der Zeit lernst du, deine Eingebungen wahrzunehmen."

„Fühlst du, wer dich anschaut?"

„Meistens kann ich unterscheiden, ob es ein Freund oder ein Feind ist. Dazu muss ich mich auch nicht besonders anstrengen, das Gefühl ist einfach anders. Bei einem Feind oder einem Unbekannten fühle ich mich gleich unbehaglich. Eine innere Stimme zwingt mich fast dazu, in seine Richtung zu schauen. Trotzdem würde ich es im Zweikampf nicht machen, dafür ist es zu gefährlich wegzuschauen. In anderen Situationen würde ich nur ganz vorsichtig in die Richtung des Fremden schauen, damit er nicht bemerkt, dass ich weiß, dass er mich beobachtet."

Rowan nickte, dann schwieg er wieder und überdachte das Gesagte.

In der Nacht fanden sie keinen Bauernhof oder Hütte, in der sie hätten schlafen können. Deshalb suchten sie sich einen geschützten Platz, entfachten ein kleines Feuer und kochten einen Kräutertee. Die Pferde hatten sie angepflockt, obwohl es bei Peruans Wallach gar nicht nötig gewesen wäre. Er blieb immer in Rowans Nähe.

Früh am Morgen wachte Rowan auf, weil er fror. Seine Decke fühlte sich von der Nachtluft feucht an. Das Feuer war erloschen. Deshalb beugte er sich über die Feuerstelle und stocherte mit einem Ast darin herum, um restliche Glut zu suchen und neu zu entfachen.

„Lass es lieber sein", sagte Bunduar. Mühsam richtete er sich auf und rieb sich seinen Rücken. „Ich bin zu alt für solche Touren", meinte er und grinste Rowan an.

„Wollen wir uns nicht aufwärmen?"

„Es wird bald hell. Lass uns aufbrechen, wenn wir reiten, wird uns warm werden."

Rowan wunderte sich. Großvater machte auch keine Anstalten zu frühstücken, sondern holte sein Pferd und sattelte es. Rowan folgte seinem Beispiel. Erst als sie im Sattel saßen, suchte Bunduar Brot und Käse hervor und reichte Rowan davon.

Die Pferde schritten tüchtig aus, sodass sie gut voran- kamen. Doch bald stoppte der Großvater und lauschte. Rowan hörte etwas dröhnen, als ob eine Pferdeherde in weiter Ferne galoppierte. Bunduar gab ihm ein Zeichen, leise zu sein. Er führte sein Tier durch dichtes Unterholz bergauf. Rowan lief hinterher. Anschließend ritten sie auf dem bewaldeten Kamm der Hügel weiter, statt im Tal bequem dem Bach zu folgen. Schließlich hielt Bunduar an, stieg ab und reichte Rowan die Zügel. Dabei legte er einen Finger auf den Mund und schlich vorwärts.

Vor Aufregung zitterte Rowan und schämte sich des- halb, als er sich dessen gewahr wurde. Also versuchte er, tief zu atmen und zur Ruhe zu kommen. Er dachte an seinen Großvater, aber dabei wurde er wieder unruhig. Er spürte die Gefahr, in der sie schwebten. Und je länger er sich besann, desto klarer wurde ihm, dass sie von diesen fremden Rittern ausgingen, von denen der Fähr- mann erzählt hatte. Schließlich ertrug er die Sorge um seinen Großvater nicht mehr. Als er auf eine alte knorrige Kiefer schaute, beschloss er, den Baumgeist um Hilfe zu bitten. Er konzentrierte sich auf den Baum, auf den schorfigen Stamm, so lange, bis ein altes, verrunzeltes Frauengesicht erschien.

„Guten Morgen, lieber Baumgeist", begrüßte Rowan sie.

Doch sie verzog nur spöttisch ihr Gesicht. „Wieder so ein Zauberlehrling, der üben muss."

„Kommen denn so viele Magier hier vorbei?", fragte Rowan beleidigt.

„Ständig, der letzte saß mitten im eisigen Winter hier und wollte etwas von mir."

„Der sehr kalte Winter?", fragte Rowan verblüfft. Die letzten drei Winter waren recht mild gewesen. Die Baumgeister empfanden Zeit wirklich anders als er.

„Ganz genau, da platzten bei den Birken die Stämme durch den Frost."

„Wer sind diese fremden Ritter, nach denen Bunduar schaut? Sind sie eine Gefahr für uns?", fragte Rowan, sich auf sein eigentliches Anliegen besinnend.

„Fremde, sie kommen und gehen, diese sind hoffentlich bald wieder weg", knurrte sie und ihr Gesicht verschwamm.

Ihre Antwort hatte Rowan nicht gerade beruhigt. Plötzlich hörte er es knacken und dann stand Bunduar auch schon vor ihm. „Du sollst die Baumgeister doch nicht ständig belästigen", tadelte er Rowan.

„Ich hoffte, dass sie mir Auskunft über die Fremden geben können", verteidigte sich Rowan.

„Baumgeister sind nicht unbedingt bereitwillige Gewährsleute." Bunduar nahm sein Pferd am Zügel und führte es weiter in den Wald hinein.

„Wer sind diese Fremden? Sie scheinen dich zu beunruhigen", bohrte Rowan nach, weil er die Ungewissheit nicht mehr aushielt.

„Ich weiß es nicht, aber sie führen nichts Gutes im Schilde, das fühle ich."

Sie setzten ihren Weg fort, führten die Pferde jedoch am Zügel. Erst als sie den Hügel überwunden hatten und sich im Tal dahinter befanden, stieg Bunduar wieder auf und trieb sein Pferd an. Sicher wollte er so schnell wie möglich Burg Pintoe erreichen, um den Fremden zuvorzukommen. Allerdings hatten die den kürzeren Weg. Rowans Wallach lief leichtfüßig hinter Bunduars Tier her, denn auch Scharuo schien eine Gefahr zu spüren. Erst als die Pferde müde wurden, verlangsamte Bunduar den Ritt.

Es roch nach Feuer. Rowan schnupperte und wollte gerade Bunduar darauf aufmerksam machen, doch sein Großvater war vom schmalen Pfad zur Seite abgewichen und trieb sein Tier durch das Gehölz. Der Geruch wurde stärker und dann standen sie vor einem Meiler.

„Reiman! Hallo?", rief Bunduar und näherte sich dem Meiler. Er rief mehrmals, bis der Köhler erschien.

„Meister Bunduar!", er verbeugte sich tief.

„Reiman, du musst deinen Sohn nach Ranhoe schicken. Zwölf fremde Ritter nähern sich Burg Pintoe. Herzog Burgwan muss es so schnell wie möglich erfahren."

Reiman nickte. „Mein Jüngster ist ein schneller Läufer, er kennt den kürzesten Weg durch den Wald."

„Danke!" Bunduar warf dem Köhler eine Münze zu, die dieser auffing und seine Mütze zum Dank zog.

Bunduar trieb sein Tier wieder an. Hier gab es einen etwas breiteren Weg, den der Köhler zum Transport der Holzkohle verwendete. Großvater schien sich gut auszukennen. Doch als Rowan ihn fragte, meinte er, er wäre vor Jahren einmal in dieser Gegend gewesen. Den Köhler kenne er allerdings, weil dieser manchmal seine Holzkohle auf Ranhoe verkaufen würde.

Sie ritten so lange, bis es so dunkel wurde, dass sie den Weg nicht mehr erkennen konnten und die Pferde eine Rast brauchten. Diesmal entzündeten sie kein Feuer, sondern suchten sich für die Nacht einen trockenen Platz unter einem Nadelbaum, dessen Äste fast den Boden berührten.

Am folgenden Morgen brachen sie früh auf, weil ihnen kalt wurde. Von der Kante eines Abhangs sahen sie in der Ferne Pintoe. Bunduar ritt zu einem höheren Punkt, von dem aus man besser sehen konnte. Rowan, der ihm gefolgt war, kniff die Augen zusammen. Vor der Burg bewegte sich etwas.

„Die Ritter sind leider vor uns da. Rowan, du musst Vogt Loidin zu Hilfe holen."

„In Cajan?"

„Ja, es ist die nächste Burg, sie liegt im Norden. Wir befinden uns an der Grenze zu Cajan. Loidin ist ein hilfsbereiter Nachbar." Bunduar beschrieb Rowan den Weg. „Heute Nacht müsstest du die Burg erreichen, aber überanstrenge dein Pferd nicht und halte dich von Menschen fern."

Rowan nickte, er hoffte, dass er die Burg finden würde, zumal er nicht durch das Tal reiten sollte.

„Und du?"

„Ich werde näher heranreiten und beobachten, was die Fremden vorhaben."

Rowan schnalzte und trieb sein Pferd an. Schon einmal war er mit Scharus allein durch die Wälder geritten, doch damals hatte er sich sicher gefühlt. Diesmal war es anders.

Um sich Mut zu machen, summte er ein Lied. Scharus spitzte die Ohren und lief mit großen Schritten zwischen den Bäumen hindurch.

„Gut, dass ich wenigstens dich dabei habe", murmelte Rowan und tätschelte das Tier. Leider hatte Großvater vergessen, ihm etwas zu essen mitzugeben, und nun meldete sich sein Magen. Als er einen Nussbaum erreichte, hielt er kurz und erntete Nüsse, die er in seine Tasche steckte. Während das Pferd die Gelegenheit nutzte, Blätter zu rupfen, entdeckte Rowan noch einen Beerenstrauch. Rasch lief er hin und stopfte sich die Früchte gleich in den Mund. Schließlich packte ihn das schlechte Gewissen. Er sollte sich doch beeilen. Allerding tröstete er sich damit, dass das Pferd auch etwas zu fressen brauchte und nicht ununterbrochen laufen konnte.

„Dann wollen wir mal wieder", murmelte er und stieg auf. Das Pferd spielte mit den Ohren und trabte los, ohne dass er es antrieb. Sie kamen endlich besser voran, da der Weg breiter wurde.

Plötzlich stoppte Scharus und ließ sich nicht mehr antreiben. Rowan lief ein Schauer über den Rücken. Doch so sehr er auch seine Sinne schärfte, konnte er nichts wahrnehmen. Schließlich stieg er ab und schlich leise weiter, diesmal nicht direkt auf dem Pfad, sondern seitlich davon. Nach ein paar Schritten lichtete sich der Wald und eine Wiese lag vor ihm.

Rowan beobachtete aufmerksam die gegenüberliegenden Bäume. Als er eine Bewegung bemerkte, schob er sich vorsichtig hinter einen dicken Baumstamm. Zwischen dem Gebüsch des Waldrandes konnte er Reiter erkennen. Ihr Anblick ließ ihn schaudern, denn sie strahlten Grausamkeit aus. Vor Angst hielt er den Atem an. Was sollte er jetzt tun? Wenn er sich rührte, würde er sich verraten. Suchend ließ er seinen Blick umherschweifen. Die alte Föhre hatte weiter oben breite Äste, die ihn tragen würden. Aber wie sollte er hinaufkommen? Dahinter stand eine junge Esche, deren Äste fast bis zum Boden reichten. Die Fremden im Auge behaltend, schob er sich dorthin und kletterte langsam an der Esche hoch. Zum Glück waren die Reiter mit sich selbst beschäftigt, sie unterhielten sich laut und achteten nicht besonders auf die Umgebung. Rowan erkannte, dass sie in seine Richtung ritten. Er musste sich beeilen. Er erreichte den untersten Ast der Föhre. Auf der Esche konnte er nicht weiterklettern, da die Zweige unter seinem Gewicht nachgaben. Er stieß sich ab und sprang zur Föhre hinüber. Sobald er den Ast ergriffen hatte, begann er, dort hochzuklettern, bis sich der Stamm in drei dicke Äste teilte. In diese Astgabel hockte er sich hinein, zog sein Messer aus dem Gürtel und umklammerte es.

Als die siebzehn Männer den Baum erreichten, auf dem er saß, hielt er den Atem an. Die Fremden sahen aus wie Krieger, sie trugen bunte, fremdartige Rüstungen und wirkten gefährlich. Die Reittiere waren größer als die Pferde, die Rowan je gesehen hatte. Sie schnaubten und bissen, wenn sie sich zu nahe kamen. Dabei entblößten sie Zähne, die einem Waldlöwen Ehre gemacht hätten. Sein Herz klopfte heftig, während Rowan so flach wie möglich atmete. Tiere oder Reiter stanken bestialisch und ihm wurde übel. Die Männer unterhielten sich in einer fremden Sprache, die er nicht verstand. Aber die Worte klangen streitsüchtig und die Fremden verbreiteten Feindseligkeit. Zum Glück bemerkten sie ihn nicht und ritten vorüber.

Rowan atmete auf! Bei diesen Reitern schien es sich um eine weitere Gruppe dieser Unbekannten zu handeln, die er zuvor mit Bunduar beobachtet hatte. Er staunte, wie unbekümmert sie sich in einem ungewohnten Gebiet verhielten. Hoffentlich entdeckten sie Scharus nicht. Eine Weile schaute er ihnen hinterher; selbst als sie zwischen den Bäumen verschwanden, hörte er ihre Stimmen noch längere Zeit, so laut sprachen sie. Obwohl er unruhig war, weil er so schnell wie möglich Hilfe holen sollte, wartete er in der Astgabel, bis er sich sicher war. Schließlich stieg er runter, ließ sich an dem untersten Ast der Föhre hinabhängen und auf den weichen Waldboden fallen.

Er pfiff leise und freute sich, als Scharus aus den Büschen am Lichtungsrand auftauchte. „Du hast dich rechtzeitig versteckt – das hast du gut gemacht", murmelte er, während er aufstieg. Da das Tier ruhig ausschritt, sorgte er sich nicht weiter vor möglichen Gefahren, sondern vertraute ihm.

Inzwischen dämmerte es und Rowan nutzte den letzten Lichtschein aus, um zügig voranzukommen. In der Nacht würde es recht dunkel werden, da Neumond war. Er fröstelte und zog seinen Umhang enger um sich. Schade, dass er als Waffe nur sein Messer hatte, mit dem er auch Brot und Früchte schnitt, mit einem Schwert hätte er sich sicherer gefühlt.

Von einer jungen Linde riss er im Vorbeireiten ein paar Blätter ab, die er gleich in den Mund stopfte. Normalerweise mochte er sie nicht besonders gern, aber jetzt hatte er Hunger und er wollte nicht anhalten, um die Nüsse zu knacken.

In einer Talsenke endete der Weg. Vor ihm wurde der Boden morastig. Die Bäume, die dort standen, waren abgestorben. Es schien ein Moor zu sein. Nebel zog auf. Die Sicht wurde immer schlechter. Irgendwo musste er eine Abzweigung verpasst haben.

Auch das Pferd wusste anscheinend nicht weiter, denn es blieb stehen. Suchend schaute sich Rowan um. Ein Schauer lief ihm über den Rücken. Vor Angst bekam er kaum noch Luft. Scharus drehte seine Ohren unruhig hin und her. Obwohl Rowan ihm die Zügel ließ, rührte sich das Tier nicht. Jetzt konnte Rowan vor sich Schemen erkennen. Gedämpft hörte er Hufschläge. Die Ritter von vorhin hatten sich in die entgegengesetzte Richtung bewegt, die konnten es nicht sein. Auch die Gruppe, die sein Großvater verfolgte, war zu weit entfernt. Es musste sich um einen weiteren Reitertrupp handeln.

Die fremden Reiter bewegten sich im Nebel nur langsam. Scharus legte sich hin und Rowan presste sich neben ihn auf den Boden. Er konnte neun Reiter zählen. Einer hielt sein Pferd an – es schien, als habe er Rowan bemerkt. Er beachtete die Beißerei seines Reittieres mit dem Nachbartier nicht, sondern schaute gespannt in die Richtung, wo Rowan und Scharus lagen. Erst als seine Kameraden riefen, drehte er sich um und folgte ihnen.

Erleichtert atmete Rowan auf. Er und der treue Wallach blieben noch eine Weile auf dem feuchten Boden liegen. Erst als es längere Zeit still blieb und Scharus sich von selbst erhob, stand er ebenfalls auf.

Rowan schaute sich um, dann entschied er sich, weiter nach Osten auszuweichen, da er sich dadurch weiter von den Fremden entfernte. Auf diese Weise mussten sie sich einen Hang hinauf durch dichtes Unterholz kämpfen. Der Berg wurde immer steiler, sodass Rowan schließlich abstieg und das Pferd führte. Dem Sumpfpferd fiel es schwer, bergan zu laufen. Endlich erreichten sie den höchsten Punkt, aber genauso steil, wie es nach oben gegangen war, ging es jetzt wieder hinab. Wieder führte Rowan das Pferd am Zügel. Als sie endlich unten ankamen, war es schon ganz dunkel, dafür hatte sich der Nebel aufgelöst. Wie sollte er jetzt die Burg in dieser Schwärze finden? Er beschloss, erst einmal dem unbekannten Tal zu folgen. Aber selbst in der Talsohle, wo ein kleiner Bach floss, standen die Bäume noch so eng beisammen, dass sie kaum hindurchkamen. Bei jedem Geräusch fuhr Rowan zusammen und lauschte mit angehaltenem Atem, bevor er sich weiter vorwagte. Immerhin führte der Bach sie in ein größeres, breiteres Tal.

Der Wald wurde lichter. Rowan blickte nach den Sternen, um sich zu orientieren. Schließlich fand er das Magische Fünfeck. Es stand immer im Süden, und er sollte sich in die entgegengesetzte Richtung bewegen. Er hoffte, dass er noch nicht an der Burg vorbeigeritten war. Aber er vertraute seinem Instinkt und ritt weiter nach Norden. Sie kamen nur noch langsam vorwärts, weil Scharus sich in der Dunkelheit vorwärtstasten musste, um nicht zu straucheln. So ritten sie eine ganze Weile.

Endlich roch Rowan Feuer. Er sah sich um, konnte aber nichts entdecken. Deshalb stieg er ab, band das Pferd an einen Ast und schlich vorwärts. Vor ihm tauchte ein Bauernhof auf. Sollte er nach dem Weg fragen? Doch die Leute schliefen sicher schon, und Bunduar hatte ihn angewiesen, sich von Menschen fernzuhalten. Also führte er das Pferd um den Hof herum und ritt weiter. Das Tal wurde weiter. Im Schein der Sterne konnte er die Höhen an den Seiten erahnen. Er befand sich nun auf einem breiteren Weg, der Wagenspuren aufwies. Bald erreichten sie einen Bach und überquerten ihn in einer Furt. Jetzt mussten sie sich in der Nähe der Felsenburg befinden, denn Bunduar hatte von der Furt erzählt.

Rowan folgte der Straße, bis sie bergauf führte. Vor ihnen hob sich der Schemen einer mächtigen Burg von dem Sternenhimmel ab. Ein schmaler Pfad führte steil hinauf. Wieder musste Rowan absteigen und seinen erschöpften vierbeinigen Kameraden am Zügel führen, bis sie schließlich vor dem geschlossenen Burgtor standen.

„Lasst mich ein!", rief Rowan laut und schlug mit einem dicken Ast auf das Tor ein. Immer wieder, bis schließlich jemand von oben herabrief: „Warte bis morgen!"

„Es ist dringend! Der Magier Bunduar schickt mich."

Rowan schien es endlos zu dauern, bis er es hinter dem Tor scharren hörte. Erst dann stieg er wieder auf. Schließlich schwang das Tor knarrend auf. Männer mit Fackeln in den Händen erschienen.

„Ein Kind", rief einer erstaunt.

„Ich bin Rowan, Bunduars Enkel. Führt mich zum Burgherrn!"

Jemand griff nach dem Backengurt seines Pferdes und zog ihn in die Burg hinein. Hinter ihm schloss sich das Tor knarrend wieder. Endlich war er in Sicherheit!

Vor dem Palas hielten seine Begleiter an. Rowan stieg ab und folgte der Wache in das Gebäude. Er bat darum, dass man sich um seinen Wallach kümmerte.

Der Burgherr war eilig geweckt worden. Er trug nur ein Untergewand, als er den Raum betrat und winkte Rowan an den Kamin heran. Schwach glomm das Holz noch darin.

„Du bist Bunduars Enkel?" Loidin war ein großer, kräftiger Mann mit dunklen Haaren, einem buschigen Bart und ebensolchen Augenbrauen. Er musterte Rowan schweigend.

„Ja, wir kommen von Ranhoe und wollten in Pintoe Quartier nehmen. Aber zwölf Fremde ritten vor uns. Großvater wich in die Wälder aus, und wir sahen, wie sie auf Pintoe zuritten. Da schickte er mich hierher, nachdem er einen Boten zu Burgwan gesandt hatte. Er bittet euch, Graf Pintoe zu helfen, es ist dringend. Er spürt, dass von diesen Kriegern eine große Gefahr droht." Er holte kurz Luft, bevor er fortfuhr. „Ich bin zwei weiteren Gruppen von Fremden begegnet mit siebzehn und neun Kriegern. Ihre Reittiere sind riesig und haben Raubtiergebisse. Die Männer sind gerüstet und bewaffnet. Zum Glück haben sie mich nicht entdeckt."

Loidin blickte düster ins Feuer, dann musterte er Rowan noch einmal. „Wer sagt mir, dass du wirklich Bunduars Enkel bist?"

Rowan zuckte hilflos mit den Achseln. „Fragt mich etwas. Meine Mutter ist Salawin, und wir, mein Großvater und ich, leben häufig auf Wanroe."

„Das kann jeder wissen."

Rowan schaute sich suchend um. Was konnte er Loidin sonst noch erzählen, damit er ihm glaubte?

„Großvater will mich an den Hof Eures Königs Haldur bringen, dort soll ich den Thronfolger Ottgar und Mardok, Peruans Enkel, treffen."

„Davon haben in Cajan bestimmt schon alle gehört", meinte ein Ritter achselzuckend.

Verzweifelt grübelte Rowan, wie er sonst die Echtheit seiner Worte beweisen konnte, bis ihm sein Pferd einfiel. „Ich reite Scharus, den alten Wallach Peruans."

Wieder herrschte Schweigen.

„Ihr könnt Euch das Tier ansehen. Es ist eins der Pferde des Sumpflandes."

Loidin drehte sich zu einem Knappen, der hinter ihm stand, um und flüsterte ihm etwas zu. Anschließend gab er Anweisungen, Fleisch und Brot aus der Küche zu holen.

Rowan setzte sich an das Feuer, er war müde und fror. Deshalb nahm er sich einen Feuerhaken und stocherte in der Glut herum. Als das Essen gebracht wurde, legte ein Page Holz nach und Rowan schlang hastig etwas Brot hinunter und trank Wasser dazu.

Der Knappe kam mit einem Pferdeknecht wieder. Der verbeugte sich tief vor Loidin.

„Der Junge hat recht, das Pferd ist ein Sumpfland-pferd."

Loidin fragte Rowan, woher er es habe.

„Peruan, der Waffenmeister König Wilhars, hat es mir geliehen, denn als Schlachtross ist es zu alt, aber es passt hervorragend auf – besser als ein Wachhund –, und ich kann gut auf ihm reiten."

Loidin zog seine Augenbrauen hoch.

„Es hat mich vor Jahren in die Flussauen getragen, dort waren wir vor den Angriffen der Drachen aus dem Norden sicher."

„Das stimmt, als ich auf Wanroe zu Besuch war, erzählte Wilhar davon", erklärte ein Ritter.

Loidin nickte. „Gut, ich glaube dir. Sobald es hell wird, reiten wir nach Pintoe. Leg dich erst einmal schlafen."

Er winkte einem Knappen und der führte Rowan in eine Kammer, in der bereits fünf andere Jungen schliefen. Dort legte er sich zu einem Jungen, der allein im Bett lag.

5.

Im Burghof eilten Menschen mit Holzschuhen über das Kopfsteinpflaster, zudem herrschte lautes Stimmengewirr und das weckte Rowan. Er zog sich hastig seine Kleider an und fuhr in seine Schuhe, dann sprang er die Treppe hinab. Die Männer saßen schon alle im Sattel, als er den Burghof erreichte.

„Wartet, ich will mit."

„Nein, du hast deinen Auftrag gut erfüllt, jetzt ist es unsere Pflicht, zu Hilfe zu eilen", sagte Loidin. Als er Rowans Gesichtsausdruck sah, fügte er hinzu: „Das ist eine Aufgabe für Männer, nicht für Kinder."

Er wendete sein Pferd und ritt zum Burgtor hinaus. Rowan sah ihnen hinterher.

„Willst du nicht frühstücken?", fragte eine Jungenstimme. Rowan drehte sich um. Neben ihm stand der Junge, mit dem er zusammen im Bett gelegen hatte.

„Ich werde nächstes Jahr Knappe, bis dahin muss ich auch immer zurückbleiben, wenn die Männer losziehen."

Rowan seufzte und folgte seinem Bettnachbarn in den Rittersaal. Küchenjungen brachten große Kessel und verteilten kleine Holzschüsseln. Rowan folgte dem Beispiel des Pagen und nahm sich eine Schüssel, die er mit Getreidebrei aus dem Kessel füllte.

„Hm, das schmeckt ganz anders als bei uns", meinte er, nachdem er den ersten Löffel vorsichtig probiert hatte.

„Kleekorngrütze, es wächst hier im Gebirge, schmeckt nussiger als das übrige Getreide."

Rowan nickte und langte ein zweites Mal zu. Nach dem kargen Mahl aus Nüssen, Blättern und Beeren vom vorigen Tag war er noch immer ziemlich hungrig.

Als er satt war, sah er sich im Burghof um. Die Burg war auf einem Berg gebaut. Es ging viel steiler als zu Burg Wanroe hinauf und die Burgmauer schlug nur einen dreiviertel Kreis, der hintere Teil der Burg lehnte an einer steilen Felswand.

Der Palas, das Hauptgebäude, befand sich mehrere Schritte vor der Steilwand. Rowan wunderte sich, warum man nicht die Felsen als Rückseite genutzt hatte, doch dann sah er Steine zwischen dem Berg und dem Gebäude liegen und schaute nach oben. Der Abhang war bestimmt mehr als zwanzig Mann hoch. Angreifer hätten ganz einfach von dort Felsen hinabwerfen können, daher der Abstand. Zwischen der Mauer und dem Palas befand sich ein weiteres Wohngebäude für die Wachen und das Personal der Burg, daneben lagen die Stallungen. Alles war viel enger als auf Wanroe. Aber die Burg machte einen gut befestigten Eindruck. Er ging zum Stall. Die Pferde, die dort standen, waren kräftige Gebirgstiere mit kleinen Köpfen. Sie mussten aus einer hervorragenden

Zucht stammen. Er besuchte seinen Wallach, holte sich eine Bürste und striegelte ihn, bis das Fell glänzte. Dann ging er wieder hinaus und kletterte auf die Burgmauer. Die Wache grüßte ihn. „Irgendetwas zu sehen?", fragte er.

„Seit heute Morgen, als die Männer fortritten, nicht mehr."

„Könnt Ihr von hier Burg Pintoe sehen?"

„Nein, aber Leuchtfeuer und Rauchzeichen würden wir sehen. In Cajan verständigen wir uns damit von Burg zu Burg. Bisher habe ich nichts bemerkt. Vielleicht irrt Bunduar sich."

Rowan nickte, obwohl er nicht daran glaubte. Sein Großvater hatte einen untrüglichen Sinn für Gefahr.

Er spürte ein mulmiges Gefühl. Waren die Ritter von Burg Loidin rechtzeitig gekommen? Oder hatte ein Überfall schon in der Nacht stattgefunden? Hatte Bunduar Pintoe überhaupt erreicht? Es schien in den Wäldern vor Feinden zu wimmeln. Rowan brauchte Rat, deshalb holte er den Wallach aus dem Stall und führte das Tier langsam den Berg hinab, dann ritt er über die Brache vor der Burg zum Wald. Bei einer alten, kräftigen Linde hielt er an und setzte sich im Schneidersitz vor den Baum. Sein Pferd graste ruhig neben ihm. Rowan schloss halb die Augen und sah sich den Baum an, den dicken Stamm, die hohe Krone und die runden Blätter. Er ließ sich ganz und gar auf ihn ein. Nach einer Weile erschien ein altes, runzeliges Frauengesicht.

„Kleiner, was willst du?"

„Ich brauche Rat. Kannst du mir sagen, was auf Burg Pintoe passiert? Was für Leute waren das, vor denen mein Großvater gewarnt hat? Ich sah die fremden Reiter und habe kein gutes Gefühl."

Die Alte schloss ihre Augen. „Ich höre Reiter, viele Reiter, sie sind schon in der Nähe, verstecke dich, damit sie dich nicht finden."

„Und Burg Pintoe?"

„Ihre Ritter sind abgezogen, es sind nur wenige Männer zurückgeblieben." Der Baumgeist kicherte, und es klang so, als würde eine Ziege meckern. „Die Fremden haben besondere Fähigkeiten."

„Hat mein Großvater sich geirrt?"

Die Alte schloss wieder ihre Augen. „Nein, die Männer wollten die Burg angreifen, doch sie wurden gewarnt. Die Winde der See rieten ihnen ab, daher nehmen sie die nächste Burg, Loidins Felsenburg, als Ziel."

„Was können wir tun?"

„Versteck dich!", warnte sie.

„Und die Bewohner der Burg? Die Leute in den Dörfern?"

„Bisher haben die Männer noch niemanden angegriffen."

„Und wenn die Burg sich verteidigt? Was wird dann mit den Bauern?", drängte Rowan.

„Was passiert schon mit ihnen? Es ist doch immer dasselbe. Ich habe es schon seit Jahrhunderten beobachtet." Sie sagte es in einer Art Singsang, es klang wie ein Klagelied.

„Kannst du meinem Großvater und den anderen mitteilen, dass die Fremden auf die Felsenburg zureiten?"

Die Alte runzelte ihre Stirn.

„Bitte, wir können doch nicht einfach zusehen", bettelte Rowan. Er stand auf und streichelte den Baumstamm. „Bitte, liebe Linde, du hast doch viele Freunde."

Die Linde murmelte etwas Unverständliches, trotzdem fühlte Rowan sich erleichtert. „Danke. Kannst du auch die Dorfbewohner retten?"

„Nein", der Baumgeist sprach auf einmal sehr energisch.

„Aber es gibt doch Heiler, und kräuterkundige Frauen, kannst du ihnen nichts vermitteln?"

„Geh, verstecke dich, die Männer sind nahe." Sie klang diesmal sehr eindringlich.

Rowan stand auf und pfiff nach Scharus, der auch gleich angetrabt kam. Mit einem Satz sprang er auf den Pferderücken. „Danke", rief er schon im Wegreiten noch der Linde zu. Sein kluges Pferd trug ihn auf dem kürzesten Weg zur Burg zurück, Rowan brauchte es nicht zu lenken.

Dabei kam er durch das Dorf, das vor der Burg angesiedelt war, hindurch. „Es kommen Feinde. Rettet euch in die Burg. Rennt!", rief er, so laut er konnte und galoppierte weiter. Ohne Rücksicht auf Scharus eilte er den Berg hoch. Als er in der Burg ankam, war der Wallach schweißbedeckt.

„Du darfst das alte Tier nicht überfordern", tadelte ihn einer der Torwächter.

„Die Fremden kommen, sie sind im Wald, schon kurz vor der Burg. Hoffentlich schaffen es die Dorfbewohner noch hierher", stieß Rowan atemlos hervor.

Er ritt weiter zu den Stallungen und rief den Stallknechten eine Warnung zu. Vor dem Palas sprang er aus dem Sattel und rannte zum Rittersaal. Chinun, die Burgherrin saß an einem Fenster und stickte mit einigen Damen.

Rowan berichtete ihr von der Gefahr.

„Gut, dann lasse ich die Männer bewaffnen." Sie legte ihr Stickzeug weg und rief einen Pagen. Der rannte sofort, nachdem er den Befehl erhalten hatte, zur Wache und ließ Alarm blasen. Die Burgherrin ging zur Waffenkammer und gab Anweisungen, Waffen an alle wehrfähigen Männer zu verteilen. Rowan hörte das Horn laut und weitreichend erklingen. Auf dem Burghof waren Stimmen und eilige Schritte zu hören.

Er rannte zum Stall und schaute nach seinem Tier. Ein Pferdejunge hatte es abgezäumt und rieb es mit Stroh trocken. „Danke!", rief Rowan dem Jungen zu, „normalerweise mache ich es selbst, aber ich muss mir Waffen holen und einen Platz zur Verteidigung der Burg anweisen lassen."

Dann rannte er weiter. Vor dem Palas gaben zwei Knappen Waffen aus. Rowan ließ sich ein Kurzschwert sowie Pfeil und Bogen geben. Die Burgherrin wies ihn an, sich seitlich auf die Burgmauer zu stellen. „Schieß erst, wenn sie in Reichweite sind und du ein sicheres Ziel hast, wir dürfen keine Pfeile verschwenden."

Küchenmägde entfachten im Burghof ein großes Feuer, Knechte schleppten Fässer mit Pech heran. Rowan fröstelte. Noch nie hatte er einen Angriff auf eine Burg erlebt, aber von dem heißen Pech hatte er schon häufig gehört.

Die Burgtore wurden von zwei zurückgebliebenen Rittern bewacht. Neben ihm auf der Mauer stand ein Page und auf der gegenüberliegenden Seite befanden sich die beiden Töchter Loidins, die sich ihre schwarzen Zöpfe zurückgebunden hatten, damit sie durch die Haare nicht behindert wurden. Im Hof rannten Mägde und Knechte hin und her und schleppten Wasser aus dem Brunnen heran. Damit benässten sie die Dächer und füllten Gefäße, um gegen Brandpfeile gewappnet zu sein. Loidins Frau stand auf der Treppe zum Palas und gab mit lauter Stimme Anweisungen. Rowan schaute in das Tal und konnte schon von Weitem die Fremden erkennen.

Eilig trieben die Dorfbewohner ihre Tiere zur Burg, Kinder und Alte wurden von den Jungen gestützt oder getragen. Rowan sah an der Kolonne der Flüchtenden entlang und bemerkte, wie sich seitlich von ihnen am Waldrand etwas bewegte.

„Sie sind da!", rief er, so laut er konnte.

Die Burgherrin sah zu ihm hoch, und er wies in die Richtung, in der er die Bewegung wahrgenommen hatte. Sie eilte zur Stiege und kletterte zu ihm hoch.

„Dort im Wald versteckt sich etwas."

Angestrengt schaute sie in die Richtung. „Ich sehe nichts. Es war sicher nur ein Tier."

„Nein, Tiere bewegen sich anders. Ich bin sicher, es waren mehrere Menschen."

„Wir haben nicht genug Leute, um einen Ausfall zu wagen." Sie nagte nervös an ihrer Unterlippe.

„Vielleicht schaffen die Dörfler es hierher", hoffte Rowan.

„Die Bauern sind auf dem Präsentierteller. Leichter können Feinde sie nicht umbringen."

Als hätten die Angreifer ihre Gedanken gelesen, begannen sie, Pfeile auf die Tiere zu schießen. Viele Rinder und Ziegen wurden getroffen, sackten tot zusammen oder schrien auf und versuchten zu entfliehen. Die Menschen rannten schreiend los. Sie ließen alles zurück, auch die Alten und Schwachen, und hetzten zur Burg.

„Habt ihr Bogenschützen mit Langbogen?", fragte Rowan, „damit könnte man die Fremden in den Wald zurücktreiben."

Die Burgherrin eilte, ohne ihm zu antworten zum Tor und rief ein paar Befehle.

Ihre Tochter Zorin lief den Wehrgang entlang, um so nahe wie möglich an den Wald heranzukommen. Vollkommen ruhig nahm sie ihren Bogen, legte einen Pfeil ein, spannte ihn, zielte und ohne zu zögern, schoss sie ihn ab.

Ein Aufschrei zeigte, dass sie getroffen hatte. Einen Augenblick später stand ein Knappe neben ihr und legte ebenfalls mit seinem Langbogen auf die Fremden an. Nach den ersten Pfeilen warteten sie, denn die Angreifer hatten sich in eine bessere Deckung verzogen. Das gab den Bauern Zeit, die Burg zu erreichen. Selbst die Alten und Schwachen schafften es hinterherzukommen. Ein paar Knechte liefen ihnen entgegen und halfen, die Burg zu erreichen. Leider waren nur noch wenige Tiere dabei, der Rest war geflohen oder lag tot, beziehungsweise verletzt, auf der Brache.

Hinter den letzten Flüchtenden wurde das Burgtor geschlossen.

Rowan wunderte sich, dass kein Bauer getötet worden war. Deshalb keimte in ihm der Verdacht auf, dass ihre Gegner sie bewusst verschont hatten. Bei einer Belagerung würden sie als zusätzliche Esser die Burgbewohner belasteten.

Schweigend standen die Verteidiger auf der Mauer und beobachteten angespannt die Umgebung. Dafür herrschte im Hof umso größeres Stimmengewirr, da die Geflüchteten aufgeregt über ihr eben Erlebtes sprachen.

Als die Sonne den Zenit überschritten hatte, kamen die Angreifer. Sie stürmten nebeneinander über die Brache und schrien einen Schlachtruf. Rowan staunte über die große Zahl der Kämpfer. Es mussten Hunderte sein. Woher kamen sie so plötzlich? Die Reittiere waren schnell, viel schneller als die schnellsten Rennpferde. Kurz bevor sie den steilen Pfad erreichten, schickten sie einen Pfeilhagel zur Burg. Zum Glück trafen sie niemanden, anscheinend beherrschten sie nicht die Kunst, während des Galopps sicher zu zielen.

Dafür ließ Chinun, die Burgherrin, die Angreifer ebenfalls von den Bogenschützen ins Visier nehmen. Sie gab die klare Anweisung, nur zu schießen, wenn sie sich des Zieles sicher seien, denn sie mussten mit Pfeilen sparsam sein.

Rowan zielte auf ein Reittier, noch bevor er schoss, brach es schon getroffen zusammen. Bald stürzten viele der Feinde zu Boden und die reiterlosen Pferde liefen davon. Doch die übrigen Reiter ließen sich davon nicht abhalten und drängten zum Pfad. Als sie ungefähr die Hälfte des Weges zum Burgtor zurückgelegt hatten, hörte Rowan ein lautes Poltern und Rumpeln, dem entsetzliche Schreie folgten, die ihm Schmerzen verursachten. Er ließ den Bogen sinken und folgte mit seinem Blick dem Geräusch. Der Weg zur Burg war mit einem Geröllhaufen blockiert.

„Unsere Notsicherung, es gibt eine geheime Vorrichtung, die die oberhalb gelagerten Steine herabstürzen lässt. So schnell kommen sie jetzt nicht an das Burgtor heran", grinste der Page neben ihm.

Nun lief die Burgherrin zu den Ställen, und einige Augenblicke später stieg eine Brieftaube zum Himmel empor.

„Hoffentlich fliegt sie hoch genug, damit sie Hilfe bringen kann", murmelte der Junge neben ihm. Rowan nickte.

6.

Der Tag zog sich endlos dahin. Chinun ließ nur noch einige Männer auf den Wehrtürmen und dem Wehrgang Wache halten. Die übrigen saßen im Burghof, spielten

Brettspiele oder versuchten, sich anderweitig abzulenken. Ihre Waffen lagen griffbereit neben ihnen. Schlafen konnte keiner. Die kleinen Kinder schrien oder weinten und die Mütter versuchten, sie zu beruhigen. Eine hochschwangere Frau lag in den Wehen. Die Burgherrin ließ eine Kammer für sie räumen und ein paar Bäuerinnen halfen der Gebärenden.

Rowan wurde erst wieder auf sie aufmerksam, als einige Frauen aufgeregt hin- und herliefen und andere dazuholten. „Was ist los?", fragte Rowan Loidins ältere Tochter.

„Es gibt Probleme bei der Entbindung. Wir haben keine Hebamme hier."

„Was für Probleme?"

Das Mädchen wollte sich schon abwenden, doch dann musterte sie Rowan. „Du bist Bunduars Enkel?"

Rowan nickte.

„Das Kind liegt falsch herum und keiner kann helfen."

„Ich habe nur zweimal zugesehen, wie Bunduar bei der Geburt geholfen hat. Da waren es aber andere Probleme. Eine Frau war zu schwach und bei der anderen wollte das Kind nicht kommen. Als es endlich da war, war es schon fast erstickt." Bunduar hatte in beiden Fällen Tees gekocht und mit den Frauen gesprochen, gesungen und die Fruchtbarkeitsgeister angerufen. Aber ein Kind, was falsch lag? Rowan überlegte. Der Geburtskanal musste weiter werden, damit das Kind hindurchpasste. Einmal hatte er dabei zugesehen, wie Karduar, der Pferdeknecht auf Burg Wanroe, ein Kalb mit einem

Seil herausholte. Ein anderes Mal hatte Karduar ein Fohlen im Mutterleib gedreht.

„Habt ihr erfahrene Pferdeknechte?", fragte er.

Das Mädchen lachte.

„Wenn sie gut sind, verstehen sie etwas von Entbindungen." Er lief los zum Stall und fragte dort nach. Schließlich wurde er zu einem grauhaarigen Mann geschickt. „Mich holen sie immer, wenn eine Stute beim Fohlen Schwierigkeiten macht, beim Kalben habe ich auch schon geholfen."

„Könnt ihr das Junge drehen?"

„Ich habe schon dabei zugesehen, einmal habe ich es selbst gemacht."

„Könnt ihr es auch bei einer Frau machen?"

Der Mann rieb sich überrascht sein stoppeliges Kinn, antwortete aber dann: „Vielleicht."

„Kommt!"

Rowan griff nach der Hand des alten Mannes und zog ihn mit, am Brunnen hielt er an und zwang den Mann, sich seine Hände gründlich mit der Seife, die Rowan immer in einem Beutel am Gürtel trug, zu waschen. Er selbst reinigte sich auch die Hände, dann schob er den Mann weiter zur Kammer.

„Männer dürfen nicht herein", giftete eine ältere Frau.

„Kannst du ein Kind drehen?", fragte Rowan.

Die Frau schüttelte den Kopf. „Meistens kommen die Kinder, egal wie sie liegen. Aber bei der Frau ist es das erste Kind, da ist eine falsche Lage gefährlich."

„Hoffentlich ist es nicht zu spät", murmelte der Mann.

Die Frauen ließen ihn hindurch, und er kniete sich vor das Strohlager. Dann tastete er mit seinen rauen Händen den Bauch der Frau ab. Rowan sah ihn gespannt an. Als er nicht reagierte, kniete er sich ebenfalls hin und tastete. Er konnte genau den Kopf des Kindes fühlen und auch die Beine. Nicht die Beine zeigten nach unten – es lag quer!

„So kann es nie heraus. Ihr müsst es drehen!", bestürmte er den Alten. Der nickte gleichmütig. Rowan holte einen Schemel und legte die Beine der Frau hoch. Jetzt war ihr Bauch etwas entspannter. Nun griff der Alte beherzt zu und bearbeitete angestrengt von außen den Leib der werdenden Mutter. Er zog und zerrte. Die Frau schrie vor Schmerzen auf.

„Tief Luft holen!", befahl Rowan. Er setzte sich neben ihren Kopf auf den Fußboden und begann ein Geburtslied zu singen. Die anderen Frauen im Raum stimmten mit ein. Die Gebärende wurde ruhiger. Schließlich schloss sie die Augen und atmete im Rhythmus des Liedes. Rowan nahm ihre Hand und hielt sie fest. Mehr konnte er nicht tun. Eine andere Frau trocknete ihr Gesicht mit einem Lappen ab.

„Jetzt müsste es gehen", sagte der Alte.

Rowan sah ihn fragend an.

„Ich konnte es nicht in die richtige Lage drehen. Aber jetzt zeigen wenigstens die Füße nach unten."

Rowan erhob sich, tastete den Leib der Frau ab, dann schaute er in ihren Schritt. Der Muttermund war offen. Er konnte die Fruchtblase erkennen.

„Könnt ihr das Kind holen?", fragte er den Alten.

„Bei Fohlen und Kälbern habe ich es schon oft gemacht."

„Dann tu es", ermunterte Rowan ihn.

Der Alte griff in den Leib der Frau hinein. Die Frau schrie gellend auf. Fruchtwasser schoss heraus.

Rowan gab wieder mit einem Lied den Rhythmus vor. Die Frau begann zu pressen, sie keuchte laut. Wenn das Lied es vorgab, zog sie sich zusammen und presste. Der Alte passte den richtigen Augenblick ab und griff nach den Füßen des Kindes. Die Frau schrie wieder auf. Eine Wehe später hielt er das Kleine triumphierend hoch.

Sofort begannen die Frauen mit einem Begrüßungslied für das Kind, ohne dass Rowan es angestimmt hätte. Er fiel mit ein. Erst als sie alle Strophen gesungen hatten und auch noch anschließend ein Danklied an Jaguar und die Geister der Fruchtbarkeit, stand er auf.

Das Kind lag auf dem Bauch der Mutter. Man hatte es abgerieben und dort hingelegt. Es atmete ruhig. Rowan fühlte seinen Puls. Es war zwar am ganzen Körper rotblau angelaufen, aber ansonsten war es in Ordnung. Die junge Mutter atmete immer noch flach und zitterte am ganzen Körper.

„Ich koche dir einen Aufguss, den trinkst du. Für das Kind besorge ich auch etwas zur Stärkung", sagte er und gab einer Bäuerin ein Zeichen, seinen Posten einzunehmen.

Dann rannte er zu der Kammer, in der seine Sachen lagen, und wühlte in seinem Beutel. Leider hatte er nur wenige Kräuter dabei, da sein Großvater die Heilkräuter verwahrte. Doch er fand ein Kraut zur Beruhigung und eins zur Wundheilung. Die brachte er in die Küche und ließ sich kochendes Wasser geben, damit bereitete er einen Aufguss zu. Dann lief er zu der jungen Mutter zurück und ließ sie den Tee langsam, Schluck für Schluck trinken. Anschließend ging er wieder fort und suchte im Garten nach Heilkräutern. Tatsächlich fand er zwei Pflanzen, die Bunduar ihm vor einiger Zeit als Stärkungsmittel genannt hatte. Daraus braute er ein Mittel für das Baby. Mit einem Löffel flößte er geduldig Tropfen für Tropfen in den Mund des Kindes. Erst wenn es schluckte, gab er ihm den nächsten.

Es war schon sehr spät, als Rowan zu den Feuern im Hof trat. Einer der Pferdeknechte besorgte Brot und Obst für ihn. Noch während er aß, trat der wachhabende Ritter zu ihm und sagte gutmütig: „Leg dich schlafen, du musst morgen ausgeruht sein."

Gehorsam suchte Rowan die Kammer auf. Obwohl er müde war, konnte er nicht einschlafen. Er musste immerzu an diese fremden Ritter denken, an Burg Pintoe und an seinen Großvater. Wie es ihm jetzt wohl ging? Wusste er von der Gefahr, in der er und die anderen auf Burg Loidin schwebten? Sollte die Felsenburg gar nicht erobert, sondern nur ein Hinterhalt gelegt werden? Vielleicht hatten sie es überhaupt nicht auf irgendwelche Burgen abgesehen, sondern auf den mächtigen Obermagier des Magierreichs? Zum ersten Mal kam es Rowan in den Sinn, dass sein Großvater ihn auch wegen einer ihm unbekannten Gefahr weggeschickt haben könnte.

Zudem war da die Bedrohung, die von der Königin ausging. Solange Rowan sie kannte, war sie ihm gegenüber abweisend gewesen. Sie hatte ihn nie gemocht, auch damals, als sie noch gesund war. Das war schon so lange her, daran konnte er sich kaum noch erinnern.

Ottgar hatte wenig von seiner Mutter erzählt. Er sah sie selten, und dann auch nur, wenn mehrere Leute anwesend waren. Immer musste eine der beiden alten Hofdamen oder sein Vater dabei sein, dazu noch ein paar kräftige Männer.

Früher hatte Rowan nie darüber nachgedacht. Am Königshof ist vieles anders als bei einfachen Leuten, doch jetzt begriff er, dass alle Angst um Ottgar gehabt hatten. Schrecklich, wenn man sich vor der eigenen Mutter fürchten musste. Dabei liebte sie Ottgar, das war deutlich zu sehen gewesen. Aber dennoch hatte man befürchtet, sie könne Ottgar etwas antun, und genau das verstand Rowan nicht. Hoffentlich hatte das kleine Baby, dem er mit auf die Welt geholfen hatte, es einmal einfacher. Eine herzliche Mutter, die es liebte, das war mehr wert als eine Königskrone. Auch wenn er keinen Vater hatte, war Rowan dankbar, eine fürsorgliche Mutter zu haben. Sein Großvater ersetzte seit jeher den unbekannten Vater. Und wenn er auf Wanroe weilte, dann rissen sich einige Männer darum, ihm ein väterlicher Freund zu sein. Allen voran König Wilhar und Waffenmeister Peruan. Aber auch der Pferdeknecht Karduar, der alte Ritter Quirlan und die vielen anderen. Jeder lehrte Rowan seine Künste und Fertigkeiten. Ottgar gegenüber hielten sie sich eher zurück. Da war die Scheu, dem Königssohn etwas zu zeigen, zu groß. Ob es Wilhar nicht recht war, wenn andere seinen Sohn unterrichteten? Natürlich hatte Ottgar Lehrer und Ritter, die ihm das Lesen, Schreiben und Kämpfen beibrachten. Und die Pferdeknechte, die ihn auf dem Pferd ausbildeten. Doch richtig unbekümmert gingen nur Wilhar, Peruan und Großvater mit Ottgar um. Dazu verwöhnten die Hofdamen ihn sehr, so, als ob sie ihm seine Mutter ersetzen wollten. Bis auf Narian, die liebevoll und herzlich zu Rowan war, verhielten sich die anderen Hofdamen ihm gegenüber eher zurückhaltend – wahrscheinlich, weil Narfin ihn nicht mochte. Aber dafür hatte er ja auch seine eigene Mutter und brauchte keinen Ersatz. Kurz bevor es hell wurde, schlief er endlich ein, nur um bald wieder geweckt zu werden.

Die Nacht war ruhig gewesen und ohne Zwischenfälle verlaufen. Im Rittersaal gab es Frühstück für alle. Dazu wurden große Schüsseln auf den Tisch gestellt, aus denen sich jeder mit seinen eigenen Löffeln, die die Leute an den Gürteln trugen, bedienten. Rowan wäre es lieber gewesen, wenn jeder sein eigenes Schälchen gehabt hätte. Er mochte es nicht, wenn gierige Esser sich über den Napf beugten und schnell den Brei hineinschaufelten, während andere nur wenig abbekamen. Aber heute zählte jede Arbeitskraft und man konnte sich solchen Luxus nicht leisten.

Ein Ritter ging herum und stellte die Wachmannschaften zusammen. Die Pagen, die ja allesamt jünger waren, mussten nur tagsüber wachen, während die etwas älteren

Knappen mit den Knechten, den wenigen Rittern und ein paar Frauen die Nachtwache übernahmen.

Rowan suchte gleich nach dem Essen die Wöchnerin auf. Sie fieberte und auch das Kind war sehr schwach. Deshalb braute er mit den gefundenen Kräutern und einigen Heilmitteln aus Chinuns Vorräten einen stärkenden, fiebersenkenden Tee. Dazu sang er an ihrem Bett Heil-Lieder. Er legte den Säugling an ihre Brust und flüsterte Sprüche, damit er trank. Dabei fielen ihm einige Handgriffe ein, die er vor Kurzem einer Hebamme abgeschaut hatte. Tatsächlich halfen sie, und der Kleine begann zu saugen. Dankbar lächelte ihn die junge Mutter an, bevor sie wieder einschlief.

Anschließend beeilte sich Rowan, seinen Posten auf der Mauer einzunehmen. Sie standen jetzt weiter auseinander als am Tag zuvor, damit genügend Leute ruhen konnten. Der Geröllhaufen lag immer noch auf dem Weg, und es war auch noch niemand gekommen, um ihn wegzuräumen.

Rowan schaute nach oben. Es schien ihm, als ob sich auf dem Felsen über ihnen etwas bewegte. War es ein Tier? Rowan kniff die Augen zusammen und suchte gewissenhaft den Berghang ab. Nichts, er hatte sich wohl getäuscht. Trotzdem beobachtete er den Berg über ihnen weiterhin genau. Eine ganze Weile passierte nichts. Doch dann sah er plötzlich wieder eine Bewegung. Ohne dass er jemanden erkennen konnte, wusste er, dass es Menschen oder menschenähnliche Wesen waren. Er rief leise seinem Nachbarn zu, dass er Zorin, die momentan das Kommando hatte, sprechen wollte, weil er es vorzog, seinen Beobachterposten nicht zu verlassen. Der nickte, entfernte sich und rief etwas die Treppe nach unten. Eine Weile später erschien das Mädchen in Hosen und mit einem kurzen Umhang, wie Männer es trugen.

„Was ist, Rowan?"

„Auf dem Felsen über uns haben sich Menschen versteckt. Es müssen mehrere sein. Ich wollte aber keine Unruhe, daher habe ich dich rufen lassen. Sie brauchen nicht zu wissen, dass wir sie gesehen haben."

Sie nickte. „Normalerweise ist der Abstand zur Felswand groß genug. Aber ich werde die Leute in die Gebäude schicken, damit bei einem Angriff niemand verletzt wird."

Sie lief den Wehrgang ab, sprach mit den verschiedenen Wachen ein paar Worte, kehrte dann zurück und verschwand im Rittersaal. Einen Augenblick später tönte der Gong, der zum Essen rief. Die Leute, die im Burghof lagerten, drängten sich vor dem Kücheneingang. Einer nach dem anderen verschwand im Inneren der Burg.

Hoffentlich waren die Dächer der Gebäude stabil genug, falls die Feinde Felsbrocken von oben herabstießen, sorgte sich Rowan.

„Es kommen Reiter!", rief der Knappe, der am Burgtor wachte.

Rowan beschattete seine Augen mit der Hand. Tatsächlich, er konnte eine ganze Gruppe Reiter erkennen, und er fühlte, dass Bunduar darunter war. Erleichtert atmete er auf, nur um im nächsten Augenblick voller Sorge an seinen Lippen zu kauen. Würden sie die Gefahr, die im Wald lauerte, erkennen? Mit Schrecken bemerkte er erst jetzt, dass die toten Tiere, die gestern noch vor der Burg gelegen hatten, verschwunden waren. Wie sollte er den Reitertrupp warnen? Er griff an seinen Gürtel und fühlte sein Messer. Schnell zog er es aus der Scheide und fing die Sonnenstrahlen mit der blanken Klinge ein. Er musst etwas üben, bis er die Reflexion auf die Fläche vor der Burg lenken konnte. Immer wieder spiegelte er mit der Klinge das Sonnenlicht, und der helle Fleck wanderte über die Brache, bis er die Männer erreichte. Jetzt bemerkten die Ritter das Zeichen und stoppten. Suchend sahen sie sich um. Ein Mann schien Anweisungen zu geben, woraufhin die Gruppe in schnellen Galopp fiel und einen großen Bogen um den Wald herum machte. Steil stießen sie auf den Weg zur Burg. Wieder stoppten sie, als sie sahen, dass der Weg durch Geröll versperrt war.

Sie drehten um und verschwanden auf der linken Seite hinter einem Gebüsch.

„Sie reiten zum See", sagte der Junge neben Rowan.

„Und was machen sie da?"

„Dort können sie gut lagern. Es ist ein steiles Tal mit nur einem Zugang, weiter hinten liegt dann der See. Dort haben sie Wasser, Fische und Wild zum Leben. Und ein Mann reicht zur Bewachung des Eingangs."

„Können sie uns zu Hilfe kommen, wenn sie Lärm hören?" Richtig zufrieden war Rowan nicht, es wäre ihm lieber gewesen, wenn die Ritter zu ihnen gestoßen wären, aber es war immer noch besser, als wenn die Männer in einen Hinterhalt geraten wären.

„Warst du das mit dem Spiegel?", die Burgherrin war herangetreten. Sie hatte vom Dach des Palas' die Reiter ebenfalls beobachtet.

„Ja, mit dem Messer."

„Gut gemacht, wenn alle so mitdenken würden wie du, hätten wir sicher weniger Sorgen". Sie nickte ihm freundlich zu und lief dann noch einmal den ganzen Wehrgang ab. Mit jedem ihrer Leute sprach sie. Vom Tor aus sah sie hinaus auf das weite Tal, das von Wald umgeben war. Nach einer Weile drehte sie sich um und schaute nach den Felsen hinauf. Es war schon längere Zeit verdächtig still. Ob die Gegner auf Unvorsichtige warteten, die sie überrumpeln konnten? Oder auf die Nacht? Rowan fröstelte. Die Nacht. Die Angreifer würden möglicherweise mit Feuerkugeln schießen, um die Gebäude in Brand zu setzen. Als Chinun wieder an ihm vorbeikam, erzählte ihr Rowan seine Befürchtungen.

„Die Hausdächer brennen nicht so leicht. Sie sind aus Stein, aber wir werden sie vorsichtshalber nässen."

Sie nickte ihm dankend zu und ging weiter. Später sah Rowan sie die Ställe und die Unterkünfte aufsuchen. Sie schien für jeden ein beruhigendes Wort zu haben. Loidin konnte stolz auf seine Frau sein. Sie war eine würdige Burgherrin und vertrat ihn gut und weitsichtig.

Als die Sonne schon im Zenit stand, wurden die Wache von einer anderen Pagengruppe abgelöst. Rowan lief zum Stall und sah sich den Wallach an. Die Tiere waren unruhig, sie mochten nicht so lange im Stall stehen. Rowan nahm Scharus und führte ihn in den Burghof. Dort ließ er ihn im Kreis laufen, band ihn los

84

und rief ihm Befehle zu. Das Tier gehorchte aufs Wort. Schließlich pfiff er, der Wallach kam angetrabt und blieb genau vor ihm stehen, ohne sich zur rühren. Erst richtete das Pferd seine Aufmerksamkeit auf Rowan, doch dann schien ihn etwas abzulenken. Seine Ohren stellten sich auf und er schaute zum Felsen hoch. Daraufhin drehte Rowan sich um und suchte die Wand aufmerksam ab. Kleine Steine fielen herab. Hoch oben bewegte sich etwas. Der ältere Knappe mit dem Langbogen sah eben von dem Wehrgang zu Rowan herab: „Rufe bitte leise Zorin, sie soll mit ihrem Bogen kommen, dann lass dein Pferd zur Ablenkung der Angreifer noch ein paar Runden drehen."

Rowan nickte und tätschelte Scharus, drehte sich dann suchend zum Stall um. Aus der Tür schauten ein paar Bauernjungen heraus. „Holt bitte einer Zorin mit ihrem Bogen, sie wollte mir etwas beibringen, jetzt habe ich Zeit dafür!"

Zwei Junge rannten sofort los. Rowan drehte das Pferd zum Burgtor und rief: „Vorwärts!"

Scharus zögerte, doch als er ihn zum zweiten Mal aufforderte, trottete er langsam los. Die Ohren nach hinten gedreht. Als er fast das Tor erreicht hatte, befahl Rowan: „Rechts!" Das Tier bog nach rechts ab. „Steh!" Es stand.

Zorin kam über den Hof auf ihn zugeschlendert. Rowan zeigte auf den Wallach und lachte, während er flüsterte: „In der Felswand bewegt sich etwas. Ich glaube, die wollen herabklettern." Das Mädchen schaute zu dem älteren Knappen, der winkte sie zu sich auf die andere Wehrgangseite. Sie lachte und rief das Pferd. Es kam angelaufen, sie umarmte es und lief rückwärts zur Burgmauer, dabei gab sie ihm Befehle, die er befolgte. So versuchte sie, von ihrer eigentlichen Absicht abzulenken. Als sie die Treppe erreichte, ließ sie Scharus los und stieg empor.

Rowan pfiff das Tier leise zurück und machte ein paar Schritte, damit der Stall zwischen ihnen und der Felswand lag. Er wollte nicht, dass das Pferd auf dem Weg zum Stalltor durch die Angreifer gefährdet wurde. Gespannt wartete er; leider konnte er Zorin und den Pagen von dem geschützten Platz aus nicht sehen. Plötzlich hörte er das Surren eines Pfeils, gleich darauf surrte ein zweiter. „Steh!", befahl er dem Tier und schlich zur Gebäudeecke. Vorsichtig lugte er herum und sah ein Messer den Felsen herunterfallen. Dann herrschte wieder Stille.

Eine Weile warteten sie noch ab, doch nichts passierte. Die beiden Bogenschützen ließen ihre Bögen sinken und das Mädchen stieg wieder vom Wehrgang hinab.

„So bald wird sich auf den Felsen keiner blicken lassen. Wir haben zwei Männer verwundet", erklärte sie und lobte ihn: „Dein Pferd ist ausgezeichnet ausgebildet."

„Ich habe es nur geliehen. Es gehört Peruan. Es ist ein ganz besonderes Tier. Aber es ist schon zu alt als Streitross, deshalb durfte es mich begleiten."

Sie streichelte das Tier und es stupste sie an. „Ich habe leider keine Leckerbissen mehr, Lieber." Sie tätschelte ihn, dann nickte sie Rowan zu und verschwand wieder im Hauptgebäude.

Rowan führte Scharus in den Stall zurück und brachte ihm einen Eimer Wasser, den er durstig austrank.

„Wenn die Elfen helfen würden", murmelte er leise dem Wallach zu. Es schien, als hätte das Tier ihn verstanden, denn es blickte ihn eindringlich an und knabberte an seinen Haaren. Rowan schob es lachend fort. „Lass meine Haare."

Er verließ den Stall und besuchte erneut die Wöchnerin und das Neugeborene. Ihnen ging es inzwischen besser. Er gab der Frau noch einmal von dem Kräutersud und sang seine Heil-Lieder. Danach legte er sich in der Knabenkammer hin. Er schlief tief und fest, bis er geweckt wurde, weil er wieder Wache hatte. Die Sonne stand schon ziemlich niedrig, als er den Wehrgang betrat, bald würde es dunkel werden. Ein kleines Küchenmädchen kam und brachte den wachhabenden Jungen einen Krug Wasser und ein Stück Brot. Rowan bedankte sich. Langsam und bedächtig aß er das Brot. Sicher würde das Essen bald knapp werden.

Nichts rührte sich, auch nicht auf dem Felsen über ihnen. Immer wieder schaute Rowan sorgenvoll den Berghang hinauf – hoffentlich stiegen die Feinde nicht in der Nacht herab. Kurz bevor seine Wache einige Stunden später vorbei war, wurde es im Hof unruhig.

Rowan glaubte seinen Augen nicht zu trauen: Plötzlich traten Loidin und Bunduar aus dem Palas heraus und liefen über den Burghof. Sie verschafften sich einen Überblick über die Situation, sprachen mit den Bauern, die sich inzwischen wieder in den Hof wagten und schritten dann den Wehrgang ab.

„Gut gemacht", lobte Bunduar Rowan, als er vor ihm stand.

„Wie seid ihr hereingekommen?", fragte Rowan seinen Großvater.

Bunduar zwinkerte ihm zu: „Du weißt doch, einige Burgen haben einen geheimen Notausgang. Durch ihn konnten wir ins Innere gelangen."

„Ich hatte Angst, dass sie euch beschießen, so wie gestern die Bauern."

„Wir hatten erwartet, dass das letzte Stück des Weges bis zur Burg gefährlich ist. Dann sahen wir deine Spiegelungen und haben schnell einen großen Bogen um das Waldstück gemacht."

„Jetzt sind sie über uns in den Berghängen."

„Nicht nur, im Wald stehen sie auch."

„Sind es sehr viele?"

Bunduar nickte, trotzdem lächelte er Rowan aufmunternd an. „Mehr als wir, dennoch sind wir in der Burg sicher. Leider konnten wir von Pintoe keine Leute mitnehmen, sonst wäre die Burg ungeschützt geblieben. Dafür haben wir König Haldur um Hilfe gebeten. Er müsste mit seinen Männern morgen oder übermorgen eintreffen, so weit ist die Königsburg nicht entfernt."

Rowan schluckte. „Was haben die Fremden dort oben vor?"

„Keine Ahnung, was sie planen! Aber wir werden ihnen zuvorkommen und sie ärgern, bevor sie uns Schwierigkeiten bereiten." Bunduar schmunzelte. Es sah

aus, als hätte er schon etwas geplant, wollte es aber nicht
verraten.

7.

Der Mond stand als runde Scheibe über den Bergen, als
es begann. Von den Felsen wurden Steine herabgeworfen. In weiser Voraussicht hatten Bunduar und Loidin
den Burghof räumen lassen. Alte, Frauen und Kinder
hielten sich im sicheren Kellergewölbe auf. Nur die
Wachen befanden sich noch im Freien. Auch von ihnen
hatten sich die meisten von Gebäuden geschützt aufge-
stellt. Auf die Steine folgten brennende Zweige. Da die
Häuser innerhalb der Burgmauern aus Steinen bestan-
den, verglühten die brennenden Wurfgeschosse, ohne
Schaden anzurichten.

Als Antwort ließ Bunduar die Bogenschützen brennende Pfeile hinaufschießen. Die Lappen, mit denen sie
umwickelt waren, hatte er zuvor mit einem betörenden
Kräutersud getränkt. Sobald sie abgeschossen waren, rief
Bunduar laut nach der Elfenkönigin Mirasa und dem
Elfenprinzen Sirii. Rowan konnte, genauso wie die anderen, die Elfen nicht sehen, trotzdem wusste er, dass sie
anwesend waren. Sie wollten sich nur vor den vielen
Menschen nicht zu erkennen geben. Gleich darauf leuch-
tete es oben auf dem Felsen blass gelbgrün. Die Elfen
ließen Lichter aus besonderen Erzen scheinen, um die
Gegner sichtbar zu machen. Gleich darauf ertönten laute
Schreie. Zwei Männer in Ritterrüstung stürzten den stei-

len Felsen herab und schlugen innerhalb der Burgmauer hinter dem Palas auf den Boden.

„Was machen die Elfen?", fragte Rowan. Obwohl er die Todesfurcht der Männer als beklemmendes Gefühl erlebte, war er erleichtert, dass die Elfen ihnen halfen, indem sie sich mit ihren Feinden auf dem Felsen schlugen. Bunduar antwortete nicht. Zu gerne hätte Rowan mehr über die Elfen erfahren. Kämpften sie mit Pfeil und Bogen und Schwertern, wie damals, als sie Rowan und seine Freunde gegen die Echsenwesen verteidigt hatten? Oder wandten sie Magie an, um sich zu wehren? Rowan wusste noch immer viel zu wenig über sie. Jedes Mal, wenn er seinen Großvater gefragt hatte, hatte der das Thema gewechselt.

Rowan hörte oben auf dem Berg Schwerter aufeinanderklirren. Kriegsgeschrei ertönte. Ein Ritter im Burghof schrie den alten cajanischen Schlachtruf, in den die anderen Wachen einstimmten. Dazu schlugen sie mit ihren Schwertern auf ihre Schilde. Es klang schrecklich.

Rowan lief ein Schauer über den Rücken. Genau das sollten die Rufe erreichen. Den Gegner einschüchtern. Er verstand jetzt, warum Krieger sich so anfeuerten.

Ein Warnruf ertönte. Aus dem Wald kam eine große Gruppe Ritter laut schreiend herangestürmt.

Loidin gab Befehl an seine Bogenschützen. Der größere Teil drehte sich den heranreitenden Feinden zu. Rowan war wieder auf seinem Posten auf der Mauer, aufgeregt legte er einen Pfeil in den Bogen, spannte ihn aber noch nicht. Sie warteten ab, bis die Reiter in Schussweite herangekommen waren, dann schossen sie ihre Pfeile gleichzeitig ab. Fast jeder traf, sodass die Gegner große Verluste erlitten.

Derweil warfen die Angreifer, die in den Felsen saßen, erneut Steine herab. Rowan hörte sie aufschlagen. Er hatte keine Zeit, sich umzudrehen, um zu sehen, ob sie Schaden anrichteten, sondern legte nach jedem Schuss gleich einen neuen Pfeil ein. Er ließ sich Zeit beim Schießen, um in Ruhe nach einer Schwachstelle in der Rüstung seines Gegners zu suchen. Nach dem dritten Ansturm gaben sie auf und zogen sich in den Wald zurück.

Rowan schaute sich um. Die Verteidiger wirkten erschöpft, waren jedoch unverletzt.

Loidin trat zu Bunduar, der neben Rowan stand. „Unsere Männer sind vom See her zu den Elfen gestoßen", sagte er und zeigte auf den Felsgipfel. Ein Tuch hing dort herab und signalisierte die Anwesenheit von Loidins Männern.

„Und was ist mit den Feinden im Wald?", fragte Rowan.

„Die wird König Haldur hoffentlich abfangen. Zurück können sie nicht, denn sie würden Graf Trulan von Burg Pintoe in die Hände fallen. Ich denke, sie werden versuchen, in die Berge zu flüchten."

Warnrufe lenkten ihre Aufmerksamkeit auf die Bergwand. Seile wurden die Felsen herabgeworfen und die Fremden kletterten an ihnen herab. Doch bevor die Eindringlinge den Burgboden erreichten, wurden sie von den Bogenschützen abgeschossen und stürzten in den Tod. Über ihnen tobte ein Kampf um die Seile. Die Bogenschützen trauten sich nicht zu schießen, zu groß war die Gefahr, die eigenen Leute oder die Elfen zu treffen. Dadurch gelang es einigen Männern, an den Seilen herabzuklettern. Doch ein Elf durchtrennte mit einem einzigen Schwertschlag ein Tau, an dem drei Kämpfer hingen. Schreiend stürzten sie hinab. Rowan spürte ihre Angst und ihren Schmerz. Ihm wurde übel. Das Entsetzen dieser Schlacht würde er nie wieder vergessen.

Die anderen Seile wurden ebenfalls von den Elfen durchschlagen, dadurch war die Gefahr von oben gebannt. Jubelnd begrüßten die Burgverteidiger die Unterstützung.

Rowan schloss die Augen und hielt sich die Ohren zu, denn er konnte die Todesschreie der Opfer nicht ertragen. Doch er atmete tief durch und zwang sich, sie wieder zu öffnen.

Der Kampf gegen die Eindringlinge dauerte nicht mehr lange. Schon bald riefen die Ritter von oben herunter: „Sie sind weg, die Elfen haben sie vertrieben oder getötet."

Als sicher war, dass vorerst keine Gefahr mehr drohte, schickte Bunduar Rowan ins Bett. Zuerst konnte er nicht einschlafen. Sein Bettnachbar schnarchte, zwei andere unterhielten sich leise, und zu aufregend waren die letzten Tage gewesen. Immer wieder sah Rowan die herabstürzenden Männer, spürte ihre Angst und Schmerzen. Aber auch die Furcht der Frauen und Kinder im Burggewölbe fühlte er. Er nahm sich vor, in Zukunft alles zu tun, um Kriege zu verhindern. Als Berater des Königs wäre es ihm sicher möglich. Über diese Gedanken schlummerte er ein und wachte erst wieder auf, als die Sonne schon weit oben am Himmel stand.

In der Burg herrschte reges Treiben. Die Bauern und Knechte waren damit beschäftigt, den Weg zur Burg von dem Geröll freizuräumen. Sie legten die Steine in Körbe, die andere mit Tauen hochzogen und oben geschickt hinter Brettern stapelten. Mithilfe eines Seilzugs konnte man die Felsen bei Bedarf auf den Weg hinabstürzen lassen und ihn so wieder versperren. Chinun gab Anweisungen und überwachte gewissenhaft diese wichtige Arbeit.

Loidin und Bunduar nahmen mit den Rittern die Verfolgung der Flüchtigen aus dem Wald auf. Die Elfen hatten die Krieger, die auf dem Felsen gewesen waren, solange bekämpft, bis alle hinuntergestürzt waren – keiner hatte überlebt. Jetzt wollten Loidin und seine Mannen die Feinde suchen, die sich im Wald aufgehalten hatten. Obwohl Rowan seinen Großvater gedrängt hatte, mitreiten zu dürfen, war Bunduar unnachgiebig geblieben und hatte es ihm strikt verboten.

„Ihr braucht doch jeden Mann", versuchte Rowan seinen Großvater umzustimmen.

„Aber keine Kinder. Nein Rowan, wir haben genug zu tun, die Fremden aufzuspüren und zu ergreifen, da können wir nicht auch noch auf dich aufpassen."

Enttäuscht erwiderte Rowan: „Aber du hast mich allein hierhergeschickt. Dabei bin ich ihnen zweimal begegnet, und es ist mir nichts passiert! Ich habe bewiesen, dass ich alt genug bin, auf mich selbst aufzupassen."

Doch Bunduar ließ sich nicht erweichen: „Du wirst hier in der Burg gebraucht, Rowan, es gibt auch hier viel zu tun, wo du helfen kannst".

Während die Männer unterwegs waren, machte Rowan sich in der Burg nützlich. Er besuchte die Wöchnerin und ihren Säugling. Trotz der schweren Geburt und all der Aufregung um sie herum war ihr Fieber gesunken und auch das Kind trank inzwischen gut und wurde immer kräftiger. Bunduar hatte, bevor er wegritt, nach der Frau gesehen und ihr einen weiteren Trank gegeben. Rowan sang nun noch zwei Heil-Lieder für sie und eins für das Kind. Tatsächlich trank das Kleine während des Gesangs und schlief dann ruhig ein.

Am Abend versorgte Rowan die Wunden von zwei Rittern. Obwohl es nur oberflächliche Schnittverletzungen und die Knochen heil geblieben waren, hatten sie sich entzündet. Bunduar hatte ihm eine Wundsalbe hingestellt, die er auftrug, bevor er sie neu verband. Dazu sang er Lieder, die die Wundheilung anregten, später kochte er ihnen einen fiebersenkenden und entzündungshemmenden Tee. Dazu verwendete er Gebirgskräuter, die Zonbuar ihnen gezeigt und Rowan in der Nähe der Felsenburg entdeckt hatte.

Anschließend kümmerte er sich um die offenen Beine einer alten Frau, die Gicht eines Greises und ältere Verletzungen, die zwei Bauern beim Bau ihrer Hütten erlitten hatten.

Nach drei Tagen kamen Bunduar, Loidin und ihre Ritter mit König Haldur zurück. Sie waren sich unterwegs begegnet. König Haldur hatte Fremde an einem Bergpass abgefangen und getötet. Zwei Männer hatten sich ergeben und er hatte sie gefangen genommen. Leider schwiegen die beiden eisern.

Es waren Krieger aus der Inselwelt im hohen Norden, deren Könige sich mit den Geistern der Meere verbündet hatten. Es hieß, sie stammten ursprünglich aus der Vulkangegend im Norden von Llylia und waren von dort verdrängt worden.

Sie erfuhren von den Gefangenen weiter nichts Näheres, anscheinend waren sie nicht in die Pläne ihres Anführers eingeweiht. Auch Bunduar konnte ihnen keine weiteren Angaben entlocken, weder von den zukünftigen Plänen ihres Fürsten noch von den einheimischen Verbündeten, denn ohne Hilfe wären sie nicht unbemerkt so weit ins Landesinnere gelangt.

Am Abend saßen sie im Rittersaal und tafelten, ein paar Jäger hatten Wild gebracht. Dazu musizierte ein Spielmann auf einer Laute. Die Männer erzählten sich von ihren Abenteuern der letzten Tage. König Haldur hörte ihnen gut zu und fragte ab und zu nach. Als er erfuhr, wie tapfer und klug Rowan gewesen war, allein hierherzureiten und Hilfe zu holen, rief er Rowan schließlich zu sich.

„Ich würde mich freuen, dich an meinem Hof zum Ritter ausbilden zu dürfen." Mit den Worten zog er ein

Messer aus seinem Gürtel und schenkte es Rowan. „Es wird dir gute Dienste leisten."

Rowan errötete vor Stolz. Anmutig bedankte er sich, bevor er das Messer betrachtete. Es hatte eine schlichte Form, nur der Griff war mit Gravuren verziert. Doch die Klinge war aus bestem Stahl aus Cajan gefertigt. Ein Messer für den Gebrauch.

„So einen tüchtigen Jungen kann jeder Herrscher gebrauchen", lobte Haldur.

„Das ist ein überaus freundliches Angebot und eine große Ehre – aber Rowan soll bei Magierin Bajana lernen, bis Ottgar nach Llyllia weiterzieht. Dann wird er den Thronfolger begleiten", erklärte Bunduar und schaute dem König fest in die Augen.

„Er ist mir stets willkommen, falls Ihr es Euch anders überlegt", gab der König lächelnd zur Antwort.

Haldur blieb zwei Tage und durchkämmte mit seinen Mannen die Gegend. Da sie die Entflohenen nicht fanden, ritten sie weiter. Während Bunduar für mehrere Tage verschwand, um sich mit der Elfenkönigin zu beraten.

Rowan nutzte die Zeit, um auch von den Rittern der Felsenburg Unterricht im Schwertkampf zu erhalten.

Zorin zeigte ihm den Umgang mit dem Langbogen, doch dem Jungen fehlte noch die Kraft, den Bogen zu spannen. Er staunte, wie eine Frau so gut damit umgehen konnte.

„Es ist nützlich, wenn auch die Frauen sich wehren können", erklärte Zorin.

„Wird dein künftiger Gatte das gutheißen?", fragte Rowan.

„Er kann froh sein, wenn seine Frau in seiner Abwesenheit die Burg verteidigen kann."

Rowan nickte. Ihre Mutter hatte bewiesen, wie wichtig es war, wenn die Burgherrin die Kampfkunst beherrschte.

Die Zeit verrann wie im Fluge, so viel Neues lernte Rowan dazu. Als Bunduar zurückkam, brachte er Peruan mit. Sie hatten sich im heiligen Bergkloster getroffen, wo Bunduar die Priester besucht und das Orakel befragt hatte. Doch darüber, was es geantwortet hatte, erzählte er nichts.

„Wir haben der Göttin geopfert und die Wasser- und Berggeister beruhigt", sagte er nur, als hoffe er, dass diese Antwort genug sei. Doch Rowan spürte, dass sein Großvater nicht alles gesagt hatte und sehr beunruhigt war.

Rowan war besorgt. Schon seit dem Abschied vom Hohepriester Garudin spürte er eine Gefahr, die dem Magierreich drohte. War es nicht seine Aufgabe, Bunduar zu helfen, sie zu bannen? Würde er seine Mutter sonst jemals wiedersehen? „Soll ich lieber daheimbleiben?", fragte er in der vagen Hoffnung, umkehren zu dürfen.

Bunduar lächelte. „Nein, auch wenn du es gerne möchtest. Du hast lange Wanderjahre vor dir und wirst viel lernen."

„Hat das Orakel das gesagt?", fragte Rowan neugierig.

Bunduar nickte. „Die Göttin wird dir einst große Verantwortung aufbürden, dafür musst du gut gerüstet sein."

Rowan runzelte die Stirn. „Um ein großer Magier und Ottgars Berater zu werden?", riet er.

Bunduar nickte. „Es kann sein – Orakel sind schwer zu verstehen. Lerne so viel du kannst und schließe Freundschaften, du wirst Verbündete benötigen."

Nach einem Gespräch mit dem Burgherrn suchte Bunduar die Gefangenen im Verlies auf, doch sie lebten nicht mehr. Es gab keine äußeren Todesursachen. Bunduar entdeckte auch keine Anzeichen einer Vergiftung.

„Wie konnte das geschehen? Die Wächter sind zuverlässige Untertanen. Sie würden sich nie eigenmächtig an den Gefangenen vergreifen", beteuerte Loidin. Er ließ seine Wächter kommen und befragte sie streng.

„Heute Morgen haben wir ihnen Brei gebracht, da lebten sie noch", berichteten sie übereinstimmend, nachdem sie einzeln befragt worden waren.

Loidin forschte nach und erfuhr, dass auch die Bewohner der Burg den gleichen Brei gegessen hatten, doch keiner war davon auch nur krank geworden. Warum die Gefangenen gestorben waren, konnte jedoch nicht geklärt werden.

„Böse Geister", tuschelten die einfachen Leute und schauten sich scheu um. Von jeder noch so kleinen Mahlzeit opferten sie fortan der Göttin oder auch den Geistern der Vorzeit, um sie friedlich zu stimmen.

98

Drei Tage später hatten sich Bunduar, Peruan und ihre Pferde erholt und sie beschlossen weiterzureiten. Zum Schutz gab Loidin ihnen zwei seiner Ritter mit.

„Ich möchte nicht, dass dem Obermagier und dem Waffenmeister ausgerechnet in meiner Mark etwas geschieht", sagt Loidin und verabschiedete sich. „Besucht mich auf dem Rückweg wieder. Meine Burg steht euch immer offen."

8.

Da die Pferde ausgeruht waren, kamen sie rasch voran und erreichten schon am übernächsten Nachmittag Haldurs Königshof. Neugierig schaute Rowan sich um, als sie in die Burg hineinritten. Die Luft roch nach Meer, und als Rowan sich die Lippen leckte, schmeckten sie salzig.

Bunduar bemerkte es und erklärte lächelnd: „Wir sind in der Nähe des Meeres. Von der Burgmauer aus kannst du es sehen."

Nachdem sie ihre Pferde in den Stall gebracht hatten, wo sie versorgt wurden, führte ein Knappe sie zum Rittersaal. König Haldur kam ihnen entgegen. „Schön, Euch so bald wiederzusehen." Er führte sie an das Kaminfeuer und ließ ihnen Essen und Trinken bringen. „Heute Abend wird richtig getafelt", versprach er.

Nachdem sie sich gestärkt hatten, wandte Haldur sich an Rowan: „Du möchtest sicher deine Freunde sehen. Sie sind auf dem Hof hinter dem Stall." Dann begab er sich mit Peruan und Bunduar in einen kleinen Raum neben dem Rittersaal.

In heller Vorfreude lief Rowan über den Burghof. Innerhalb der Burgmauern befanden sich viel mehr Gebäude mit etlichen Burghöfen als auf Wanroe. Als er am Stall vorbeilief, hörte er Waffenlärm.

Er erblickte Ottgar und Mardok wie sie mit anderen Knappen den Kampf mit der Lanze übten. Eine Weile blieb Rowan beim Stall stehen und beobachtete sie. Über zwei Jahre hatten sie sich nicht mehr gesehen – die beiden durchliefen eine typische Ausbildung zum Ritter. Inzwischen waren sie von Pagen, die sie noch auf Burg Wanroe gewesen waren, zu Knappen ernannt worden, während Rowan bei seinem Großvater zu Hause die Heilkunde und Magie gelernt hatte. Ab und zu unterbrochen von Aufenthalten auf Wanroe, bei denen er reiten und kämpfen lernte und auch in den großen Chroniken des Königshauses studierte.

Seine Freunde waren groß und schlaksig geworden. Sie bewegten sich geschickt und waren ihren Gegnern mindestens ebenbürtig. Rowan dachte an sein eigenes Können. Mit der Lanze und mit der Axt konnte er kaum umgehen, allerdings lobten alle seinen Schwertkampf und seine Fähigkeiten als Bogenschütze.

Auch sein Cajanisch war mangelhaft. Er konnte die Stallknechte kaum verstehen, während Ottgar und Mardok sich anscheinend fließend mit ihren Kameraden verständigen konnten.

Nachdem er den Freunden eine Weile zugesehen hatte, trat er langsam auf sie zu.

„Rowan!" Ottgar hatte ihn entdeckt, warf seine Lanze auf den Boden und eilte dem Freund lachend entgegen. Als er ihn erreichte, umarmte er Rowan. Er überragte ihn um einen Kopf. „Ich habe dich vermisst", offenbarte er seinem Freund.

„Auch ihr habt mir gefehlt – es war so langweilig ohne euch", gab Rowan ohne Umschweife zu.

Mardok hob die Lanze auf, dann umarmte er Rowan ebenfalls. „Schön, dass du endlich hier bist. Warum bist du uns nicht heimlich gefolgt?", fragte er und grinste frech. Auch Mardok überragte Rowan und sein Kinn zeigte bereits einen leichten Bartwuchs.

„Das hätte mir mein Großvater nie verziehen." Rowan schüttelte lächelnd seinen Kopf. Mehr als einmal hatte er mit dem Gedanken gespielt, doch es war ihm immer klar gewesen, dass ihn niemand so gut wie Bunduar in der Magie unterweisen konnte.

„Ottgar, wir trainieren mit den Waffen des Königs", ermahnte Mardok Ottgar leise und reichte ihm die Lanze.

„Oh, er wird es mir schon verzeihen."

Rowan grinste. Normalerweise handelte Ottgar besonnen und brachte sich nicht in Schwierigkeiten. Bevor Mardok weiterschimpfen konnte, boxte Rowan ihn auf den Oberarm. „Schimpf nicht mit Ottgar", sagte er. „Ich höre, ihr sprecht hervorragend Cajanisch. Ich kann die Leute hier überhaupt nicht verstehen."

„Wir lernen es auch schon seit zwei Jahren. Trotzdem gibt es immer wieder Missverständnisse."

Rowan lachte. Ottgar gab ihm seine Lanze. „Du kannst dich mit Lorrbu messen."

Rowan verbeugte sich vor Lorrbu, der auf ihn zugetreten war. „Es wäre mir eine Ehre", sagte er in seinem holprigen Cajanisch.

„Sei gegrüßt, du bist sicher von der Reise erschöpft", meinte Lorrbu. Er sprach fließend magianisch.

„So weit war die Etappe heute nicht. Aber als Ausrede mag es herhalten. Mit dir kann ich mich nicht messen. Doch für eine Unterrichtsstunde wäre ich dankbar." Rowan grinste den jungen Mann an. Der war noch über einen Kopf größer als Ottgar und sicher schon kurz davor, in den Ritterstand erhoben zu werden.

Lorrbur neigte den Kopf und ging in Kampfstellung. Rowan holte tief Luft und suchte seine Aufmerksamkeit auf Lorrbus Arm und Augen zu richten.

Lorrbur fing behutsam an. Er begann mit einfachen Angriffen, die Rowan ohne große Mühe abwehren konnte.

Dann bedrängte Lorrbur ihn stärker. Rowan musste seine ganze Aufmerksamkeit auf Lorrburs Arme lenken, um schnell genug zu reagieren. Eine Weile wich er aus, um dann plötzlich einen Angriff zu starten. Mehrmals wehrte er mit seiner Lanze Lorrburs Waffe ab. Doch schließlich erwischte Lorrbur ihn am Oberschenkel.

„Du bist gut, sehr gut", lobte Lorrbur ihn. „Wenn du etwas mehr Übung hast, schlägst du mich."

Rowan lächelte ihn offen an. „Magierin Bajana wird mich unterrichten. Später reisen wir nach Llyllia weiter.

Dort soll ich bei Magier Hildrun lernen und werde nur wenig Zeit haben, mich im Waffenkampf zu üben."

„Bist du als Magier auch so gut?", fragte ein jüngerer Knappe, der nur wenig älter als Ottgar war.

„Besser", kam Ottgar Rowan zuvor. „Habt ihr nichts vom Überfall auf die Felsenburg gehört?"

„Du bist der Enkel des großen Bunduars?" Malou wurde ganz blass.

„Wir halten uns normalerweise von Magiern fern", sagte Narow, ein anderer Junge, der etwas älter war, aber Malou sehr ähnlich sah. Sicherlich waren es Brüder.

„Im Magierreich haben Magier ein hohes Ansehen und sind in der Bevölkerung sehr beliebt. Alle wenden sich mit ihren Sorgen oder Krankheiten an sie", erklärte Ottgar.

„Nennt ihr euer Land deshalb Magierreich?", fragte der Ältere.

Ottgar nickte. „Magier und Könige sind befreundet, häufig sogar verwandt. Bunduar ist mein Großonkel." Danach brachten die Jungen ihre Waffen in die Waffenkammern und suchten anschließend den Rittersaal auf.

Am Abend kletterten die drei Freunde nach dem Essen auf die Burgmauer, setzten sich in einen Wehrturm und unterhielten sich flüsternd. Ottgar und Mardok erzählten, wie es ihnen in den letzten zwei Jahren ergangen war.

„Ihr habt so viel erlebt und gesehen. Ich war nur zu Hause", meinte Rowan. „Ich habe bei Großvater Unterricht gehabt und war selten auf Wanroe. Großvater sieht es nicht so gern, wenn ich kämpfen und reiten lerne."

„Aber mein Vater möchte es", wandte Ottgar ein.

„Dein Großvater hat Sorge, dass du dann nicht mehr Magier wirst." Mardok lag wohl richtig mit seiner Vermutung. „Ich glaube nicht, dass er Angst hat, dass du keine Lust mehr auf Magie hast, sondern er befürchtet, dass du im Kampf getötet wirst. Du bist der letzte Magier in deiner Familie."

„Vielleicht hat Ottgar später Kinder, die magiebegabt sind", gab Rowan zu bedenken.

„Dann ist dein Großvater vielleicht schon zu alt, um weitere Schüler auszubilden."

Rowan antwortete nicht. Er fühlte eine schwere Last auf seinen Schultern. Warum hatte seine Mutter keinen Mann und er keinen Vater? Warum musste er schon so früh Verantwortung übernehmen?

Die nächsten drei Tage durfte Rowan bei seinen Freunden bleiben und sich mit ihnen im Schwert- und Lanzenkampf, im Bogenschießen und Reiten üben.

Die cajanischen Jungen bekamen großen Respekt, als sie sahen, wie gut Rowan sein Pferd beherrschte.

„Das liegt nur daran, dass der Wallach schon so alt ist", erklärte Malou.

„Wir können ja tauschen", schlug Rowan vor. Malou saß gut im Sattel, er würde dem Tier nicht schaden.

Aber auch Malous nervösen Hengst lenkte Rowan mit leichter Hand. Während das Pferd bei Malou immer mal wieder gescheut und ausgeschlagen hatte, benahm er sich bei Rowan wie ein lammfrommer alter Ackergaul.

„Ich kann es nicht glauben. Wenn ich es nicht mit meinen eigenen Augen gesehen hätte, würde ich es bezweifeln. Malou reitet hervorragend, aber bei ihm zickt das Pferd. Wie machst du das bloß, Rowan?" Lorrbur schüttelte verwundert den Kopf.

Rowan zuckte die Achseln. Wie sollte er den fremden Jungen erklären, wie Magier sich mit Tieren und Geistern verständigten? Er runzelte die Stirn. „Ich spüre, was sie beunruhigt und versuche, die Ursachen abzustellen." Um Lorrbur am Nachfragen zu hindern, bat er die Jungen, Cajanisch zu sprechen, damit er die Sprache besser lerne.

Mardok und Ottgar hatten in der Zwischenzeit nicht nur kämpfen, sondern auch die höfischen Umgangsformen gelernt. Bei Tisch benahmen sie sich perfekt, sicher konnten sie genauso gut die Herrschaften bedienen, wie es ihre Aufgabe als Page gewesen war.

Da Rowan aufmerksam war und sich alles schnell merkte, beherrschte er schon nach wenigen Tagen die wichtigsten höfischen Verhaltensregeln, die er auf Wanroe noch nicht gelernt hatte.

Viel zu schnell musste er sich wieder von seinen Freunden trennen. Nun begann seine Lehrzeit bei Magierin Bajana. Sie wohnte an einem Wasserfall in der Nähe der Königsburg. Großvater begleitete Rowan und blieb zwei Tage als Gast bei ihr. Bajana war viel jünger, als Rowan erwartet hatte, jünger als seine Mutter.

„Mein Vater ist vor zwei Jahren von einem Drachen getötet worden. Wir Cajaner waren froh, dass ihr sie besiegt habt und sie geflüchtet sind. Hoffentlich tauchen

105

sie nie wieder auf", erzählte sie abends am Feuer, als Antwort auf Rowans unausgesprochene Frage, wieso sie so jung schon Obermagierin war. „Seitdem bin ich die Magierin des Königs, auch wenn mir noch viel Erfahrung fehlt. Häufig wende ich mich deshalb an Bunduar oder Zonbuar, wenn ich etwas nicht weiß. Viel lieber würde ich jedoch bei ihnen weiter studieren, aber ich darf nicht weg, denn König Haldur hat Sorge, dass die Drachen zurückkommen."

Sie stellte Bunduar viele Fragen und bat ihn, sie bald wieder zu besuchen.

„Ich muss zurück. Im Sumpfland wird Hochzeit gefeiert und wir sind eingeladen. Aber sicher freut Zonbuar sich über eine Einladung von dir."

Alsbald verabschiedete sich Bunduar von seiner Gastgeberin und danke ihr, dass sie sich um Rowan kümmern und ihn vieles lehren würde. Rowan ritt noch bis zur Königsburg mit ihm, damit er auch von Peruan Abschied nehmen konnte.

In der Gewissheit, dass sein Großvater in einem halben Jahr wiederkommen und sie nach Llyllia begleiten würde, fiel Rowan die Trennung nicht ganz so schwer. Außerdem hatte er seine Freunde in der Nähe.

Obwohl Bajana meinte, sie wäre noch lange keine gute Magierin, lernte Rowan jeden Tag etwas Neues bei ihr.

„Du weißt so viel", staunte Rowan.

Bajana lachte. „Mein Vater war ein Großmeister der Magie und er hat mich von klein auf unterrichtet. Bei dir ist es sicher ähnlich gewesen. Allerdings sollte ich zu anderen Magiern wandern und dort weiterlernen, jedoch war ich nur bei Zonbuar und bei Hildrun – dann starb mein Vater und ich musste zurückkehren. Bunduar hat mich und meinen Vater früher ab und zu besucht und mich unterrichtet. Trotzdem: Meine Lehrzeit war viel zu kurz."

Die Tage vergingen. Sie wanderten durch den Bergwald und sammelten Kräuter. Eine Reihe der Pflanzen wuchs nur in der cajanischen Bergwelt unter dem Einfluss der Meeresluft. Außerdem lehrte Bajana Rowan, mit den Zwergen in den Bergen zurechtzukommen. Noch immer lehnten die Zwerge die Göttin Jaguar und ihre Anhänger ab, trotzdem war es den cajanischen Magiern gelungen, Frieden mit ihnen zu schließen.

Nach jeder Wanderung hielten sie sich für ein paar Tage in der Königsburg auf und Rowan durfte mit seinen Freunden am Unterricht teilnehmen.

„Ich werde deinen Großvater überreden, dich als Knappe hierbehalten zu dürfen", meinte Haldur mit einem Zwinkern und Rowan grinste als Antwort nur. Inzwischen wusste er, dass Haldur die Magier viel zu sehr schätzte, als die Wünsche seines Großvaters zu unterlaufen. Aber es machte ihn auch stolz, dass König Haldur ihn so schätzte und ihn gern an seinem Hof behalten würde.

Die Zeit in Cajan verging sehr schnell. Rowan verstand sich mit seiner jungen Meisterin sehr gut und er lernte viel Neues bei ihr. Außerdem lehrte man ihn zu seiner Freude auch die Kampfkunst am Hofe König Haldurs.

Der König hatte zwei Ritter gebeten, Rowan unter ihre Fittiche zu nehmen. So übte er mit der Lanze und in voller Rüstung zu kämpfen.

Bald war das halbe Jahr um und Bunduar erschien mit dem magianischen Ritter Rolin, um Rowan, Ottgar und Mardok nach Llyllia zu begleiten. Peruan hatte sich leider nicht freimachen können. Er ließ alle grüßen und versprach, so bald wie möglich nach Llyllia nachzukommen.

Am Abend nach Bunduars Ankunft saßen sie mit dem Hofstaat am Kamin des Rittersaals und lauschten Bunduars Erzählungen. Die Hochzeitsfeierlichkeiten im Sumpfland waren sehr prunkvoll gewesen. Bis auf Haldur, der wegen des Angriffs der Fremden nur seinen Bruder geschickt hatte, waren alle befreundeten Könige anwesend gewesen.

Mit großen Augen lauschten die Jungen dem Bericht.

„Das Sumpfland steht nicht auf meiner Reiseroute", meinte Ottgar. „Die Regierungen des Magier- und des Sumpflandes sind zerstritten, auch wenn sie nach außen hin die Höflichkeit wahren und sich gegenseitig zu offiziellen Anlässen einladen."

„Das war nicht immer so", widersprach Rowan. „Mein Großvater hat bei Zwandir im Sumpfland gelernt, und er will mich auch dort hinschicken."

Ursprünglich hatte Bunduar vorgehabt, auf dem kürzesten Weg zum Hofe Königs Baruans nach Llyllia zu reisen, jedoch waren erneut fremde Ritter gesichtet worden. Eine Burg an Cajans Küste war sogar angegriffen worden, doch dank rechtzeitiger Warnungen und zu

Hilfe eilender Ritter, waren die Fremden vertrieben worden.

So reisten sie, in Anbetracht der Gefahr vor Angriffen, nur mit Begleitschutz von der Burg eines Vogts zur nächsten. Rowan genoss die Aufenthalte in den Burgen, denn so lernte er viele neue Menschen kennen und schloss Freundschaften. Außerdem hatte es sich längst herumgesprochen, wie hilfreich er für Loidin gewesen war, und so wurde er überall mit offenen Armen empfangen.

„Es wäre mir eine Ehre, Rowan eine Lehrstunde im Schwertkampf zu erteilen", boten fast alle Burgherren an. Bei manchen durfte Rowan sogar bei den Bogenschützen mitmachen. Wieder andere veranstalteten zu Ehren von Bunduar und Rowan eine Jagd. Sie waren überall willkommen und alle Burgherren gaben ihnen Begleitschutz bis zur nächsten Burg mit. Und so erreichten sie den Hof König Baruans auf Burg Lallia in Llyllia wohlbehalten, aber mit einer Verspätung von einem Vierteljahr.

9.

König Baruan begrüßte sie herzlich. „Ich hatte schon Sorge, dass König Wilhar in dieser unsicheren Zeit seinen Sohn Ottgar und seine Magier lieber daheim hätte als in der Fremde."

Er richtete ein dreitägiges Fest zu Ehren der Gäste aus. Es wurde getafelt, musiziert und getanzt. Rowan erhielt von seinen beiden Freunden eine kurze Einweisung in die höfischen Tänze. Trotzdem stand er ziemlich hilflos auf der Tanzfläche und schaute sich um, beobachtete, wie die anderen sich bewegten, um es ihnen nachzumachen. Zum Glück waren die Damen nachsichtig und halfen ihm, wenn er in die falsche Richtung gehen wollte.

„Wir werden noch üben müssen, bis Rowan ein eleganter Tänzer wird", meinte Baruan taktvoll. Doch bemerkte Rowan, wie die älteren Pagen und die Knappen über seine Tölpelhaftigkeit lachten.

Als er sich hinterher bei Bunduar darüber beschwerte, meinte sein Großvater: „Es wird Zeit, dass du wieder ein ganz normaler Junge wirst, dich auch so fühlst und verhältst, und nicht so sehr hofiert wirst wie in den letzten Wochen."

Rowan lief rot an. „Aber ..."

„Du hast auf der Felsenburg richtig gehandelt – du darfst zu Recht stolz auf dich sein. Allerdings haben auch die anderen das Ihre getan, damit die Burg nicht fiel." Bunduar sprach ungewohnt ernst.

Rowan nickte. „Die Burgherrin beherrschte ihr Handwerk gut und die Töchter waren hervorragende Bogenschützinnen."

„Siehst du. Jedoch ziehen sie nicht durchs Land und lassen sich überall feiern."

„Aber das habe ich doch gar nicht verlangt", verteidigte sich Rowan bestürzt. Solche Tadel war er von seinem Großvater nicht gewohnt.

„Nein, das stimmt, aber trotzdem hast du es genossen. Doch die jungen Leute in Llyllia sehen nur einen Gleichaltrigen in dir und zeigen dir nur auf, dass du manches nicht kannst, was für sie selbstverständlich ist."

„Ich wollte als Page an die Höfe gehen, du hast es nicht zugelassen. Dort hätte ich all das gelernt, was für die anderen hier ganz normal ist, wie zum Beispiel Tanzen." Rowan ärgerte sich über seinen Großvater. Er hatte es sich so gewünscht, ebenfalls zum Ritter ausgebildet zu werden. Damals hatte Bunduar es verhindert und jetzt nahm er ihn nicht in Schutz, wenn er sich wegen seiner Unkenntnis lächerlich machte.

Bunduar lächelte mild. „Rowan, du bist klug und handelst meistens sehr vernünftig. Du hast eine große magische Begabung, bist ein geschickter Schwertkämpfer und Reiter. Trotzdem musst du noch viel lernen. Deine Lektion heute war, bescheiden und dankbar für das zu sein, was du hast, kannst und bist."

Rowan antwortete nicht, nagte nur an seiner Lippe. Das musste er noch einmal überdenken.

Am nächsten Morgen ließ er sich noch vor dem Frühstück von Ottgar die Tanzschritte zeigen und wiederholte sie immer wieder, bis er sie beherrschte.

Anschließend war es Zeit für die täglichen Waffenübungen. Mit einem Knappen übte er sich über viele Stunden im Schwertkampf. Erst am Nachmittag ging er mit Bunduar zu einem Bach und sammelte Kräuter, die an seinem Ufer wuchsen. Er wiederholte die Namen auf Magianisch und Llyllianisch und lernte ihre Anwendungen.

Magier Hildrun, der ihn ausbilden sollte, befand sich, wie in jedem Herbst, im Norden, um nach besonderen

Kräutern zu suchen und in Ruhe Kontakt mit den Geistern aufnehmen zu können.

Abends aßen sie mit den Rittern im Speisesaal. Ein Spielmann sang zu seiner Laute Balladen und ein kleinwüchsiger Narr namens Jonin machte seine derben Späße.

Rowan staunte, was der Narr sich zu sagen traute. Er verpackte den Tadel über Missstände in Scherze, über die alle lachten. Hinterher fragte Rowan seinen Großvater: „Hat der Narr keine Angst, dass der König ihn einsperren lässt, wenn er sagt, dass die Bauern hungern, weil die Abgaben zu hoch sind?"

„Ein guter Narr weiß, wo seine Grenze ist. Er wird sie nicht überschreiten. Jonin sagt nicht, dass Baruan zu viele Steuern verlangt, sondern dass die Bauern wegen der schlechten Ernte Not leiden, während die Geliebte eines Fürsten sich über ihr neues Gewand ärgert, nur weil er seiner Gemahlin ein wertvolleres Kleid geschenkt hat", machte Bunduar ihn auf den feinen Unterschied aufmerksam.

Rowan wirkte nicht sehr überzeugt, daher fuhr Bunduar fort: „König Baruan gilt als ein fürsorglicher Landesherr. Seinen Untertanen geht es gut. Als es vor ein paar Jahren wegen Trockenheit eine Missernte gab, ließ er seine Speicher öffnen und versorgte die Bevölkerung. Jonin mahnt nur die übrigen Adligen."

„Und wen meint er wirklich?"

Bunduar lächelte. „In Llyllias Norden gibt es einen gefürchteten Fürsten, der viel Geld für seine Geliebte und seine Burgen ausgibt, während seine Bauern Not leiden."

„Und warum erwähnt Jonin es hier?"

„Weil unter den Gästen auch Abgesandte des besagten Fürsten sind. Und jetzt schlaf, wir wollen morgen im Dorf Krankenbesuche machen", erklärte Bunduar.

Rowan nickte, obwohl er es bedauerte, am Ringstechen der Ritter und Knappen, das am folgenden Tag stattfinden sollte, nicht teilnehmen zu können. Bei den Kranken wies ihn Bunduar darauf hin, bei den Gesprächen auch auf die übrigen Familienmitglieder zu achten, außerdem durfte Rowan die Heil-Lieder singen. Sie waren so früh losgegangen, dass Rowan nach den Krankenbesuchen doch noch als Letzter bei den Spielen mitmachen konnte. Er freute sich, auch wenn seine Leistung nur mittelmäßig war, immerhin hatte er nicht als Schlechtester abgeschnitten.

Als es den Kranken wieder besser ging, wies Bunduar ihn an: „Pack deine Sachen und verabschiede dich von deinen Freunden. Wir reiten morgen vor Sonnenaufgang zum großen Moor, dort besuchen wir Magier Hildrun und seine zwei Schüler."

Rowan nickte und folgten seinen Anweisungen. Diesmal trennte er sich von Ottgar und Mardok nur für eine kurze Zeit, da Hildrun normalerweise nahe der Burg wohnte. Nur im Herbst reiste er zum großen Moor im Norden des Landes. Bunduar war der Meinung, dass Hildruns Herbstausflug der wichtigste Teil der Ausbildung für Rowan war und wollte daher nicht warten, bis er wieder am Hofe weilte.

Sie reisten den ganzen Tag und die Nacht hindurch, obwohl sie nur kurz rasteten. „Wir können uns erholen, wenn wir Hildrun erreicht haben", meinte Bunduar. So ritten sie im Mondschein durch ein weites Tal, bis sie eine Hochebene erreichten und der Morgen dämmerte. In der Ferne sah Rowan Rauch aufsteigen, und als sie näher kamen, erkannte er eine kleine Hütte, die aus über-einandergeschichteten Torfstücken bestand.

Noch bevor sie anhielten, trat ein großer, blonder Mann aus der Tür. An dem schwarzen Umhang erkannte Rowan den Magiermeister.

Hildrun begrüßte Bunduar voller Respekt. Rowan nickte er nur kurz zu, als Bunduar seinen Enkel vorstell-te. Da die beiden bedeutenden Magier sich unterhielten und gemeinsam ins Moor wanderten, blieb Rowan nichts anderes übrig, als bei den beiden Schülern zurückzublei-ben.

Rowan wandte sich an den Jungen, der ihn freundlich begrüßte und sich als Xanris vorstellte. Er war ein paar Jahre älter als Rowan, dunkelhaarig, mit schwarzen Augen und einem offenen Gesicht.

„Kann ich die Pferde auf die Koppel bringen?"

Xanris nickte, öffnete das Gatter und half ihm, die Tiere abzusatteln.

„Sicher hast du Hunger.", sagte er anschließend und führte Rowan in die Hütte. Er nahm eine Schüssel vom Bord an der Wand und füllte sie mit Getreidebrei aus dem großen Topf, der neben dem Feuer stand.

Rowan bedankte sich und probierte vorsichtig. „Was ist da drinnen? Scharf und süß. Das Kraut kenne ich nicht."

„Es wächst hier im Moor und wir verwenden es unter anderem auch gegen Erkältungen und bei Magenbeschwerden." Rowan ließ sich eine Pflanze zeigen, die vor der Hütte zum Trocknen aufgehängt war. „Sie wächst mitten im Moor."

„Dann muss man sich wirklich gut auskennen, um sie zu finden und besonders vorsichtig sein, damit man sich nicht verläuft", stellte Rowan fest.

Xanris nickte. „Ich traue mich auch nur auf zwei Wegen durch das Moor."

Der zweite Schüler namens Altus war wesentlich älter als Xanris. Rowan spürte, dass er etwas verbarg. Das weckte gleich sein Misstrauen. Mit Altus würde er nicht zurechtkommen. Er strahlte etwas Böses aus – als ob er mit den dunklen Mächten verbunden war. Wie kam Hildrun zu einem solchen Schüler? Rowan zweifelte, ob er unter diesen Umständen bei dem Magiermeister bleiben konnte. Bestand nicht Gefahr für den Thronfolger Ottgar, wenn dieser Magierlehrling in seiner Nähe war? Er traute Altus einen heimtückischen Anschlag zu. Ihm fröstelte und er verhielt sich ähnlich einsilbig wie Altus.

Gegen Abend kehrten die beiden großen Magier zurück. Sie brachten einen Sack voller Kräuter mit und Bunduar erklärte Rowan die Pflanzen, ihre Heilkraft und wo er sie gefunden hatte. Hildrun hörte schweigend zu, bevor er Rowan auf Llyllianisch ansprach. „Ich beherrsche eure Sprache nicht. Du wirst also Llyllianisch lernen müssen."

Rowan nickte. „Ich spreche – äh … wenig. Aber … äh … ich schnell lerne es", antwortete er stotternd und um Worte ringend.

„Ich war heute Morgen sehr in Eile, viel länger hätte ich nicht auf euch warten können, sonst hätte ich das Pfeilkraut nicht mehr ernten können." Hildrun zeigte Rowan ein silbriges Kraut mit weichen, langen Pflanzenhaaren.

„Vorsicht, es brennt!", warnte er und hielt die Pflanze am unteren Stängelende fest. Seine Hände wiesen Brandblasen auf.

Er erklärte seinen Schülern den Gebrauch der Pflanze gegen Wundbrand, der unbehandelt schließlich zum Tode führen würde. „Die Stelle, an der es wächst, zeige ich euch in ein paar Jahren. Nur Magiermeister dürfen den Ort kennen."

Daraufhin verzog Altus sein Gesicht. Bunduar und auch Hildrun beachteten es nicht.

Rowan wiederholte, wie er es bei Bunduar gewöhnt war, alles, was er verstanden hatte. Dabei hatte er Schwierigkeiten mit der Sprache und Xanris half ihm ab und zu mit den richtigen Begriffen.

Hildrun nickte Rowan zu. „Wenn du fleißig bist, werden wir zurechtkommen."

Rowan versprach es, doch in Wirklichkeit hatte er große Bedenken. Wie sollte er es bloß längere Zeit bei Hildrun aushalten, wenn der Meister ihm so kühl begegnete? Dazu mit einem Schüler, der ihm unheimlich war.

Xanris war sehr nett, wenngleich er viel weniger als Rowan von der Magie wusste.

Sein Großvater blieb zwei Tage, dann brach er auf.

„Ich dachte, Ihr bleibt länger", gab Hildrun mit Bedauern zu.

„Ich muss zurück, bevor es Winter wird und ich in den Bergen von Llyllia festsitze."

Rowan schaute in den Himmel und dann auf die Pflanzen. Es sah noch nicht nach Winter aus. Aber er spürte eine gewisse Unruhe bei seinem Großvater, der doch sonst immer so ausgeglichen und gelassen war.

„Die Frauen vom Sommermoor sagen einen frühen Winter voraus", bestätigte Hildrun. „Besucht Euren Enkel doch hin und wieder, damit wir uns austauschen können."

Doch Bunduar versprach nichts und Rowan wurde schwer ums Herz. Wie lange würde er seinen Großvater nicht sehen? Er begleitete ihn, bis die Hochebene in ein Tal überging.

„Ich mag Altus nicht. Er strahlt etwas Böses aus. Er scheint mich die ganze Zeit zu belauern", beklagte er sich.

„Mache dir um Altus keine Gedanken. Hildrun wird auf dich aufpassen. Außerdem will Altus bald zu den Moorfrauen weiterwandern. Er wird nicht mehr zum Hofe zurückkehren."

Rowan atmete sichtbar auf.

„Erleichtert?", fragte sein Großvater und lächelte ihn an.

„Ja, sehr. Ich habe Angst vor ihm und versuche, es mir nicht anmerken zu lassen. Das kostet viel Kraft."

„Aber du machst es sehr gut, nicht einmal ich habe bemerkt, dass er dich so ängstigt." Bunduar stieg von seinem Pferd und umarmte Rowan. „Sei stark! Du brauchst diese Ausbildung, um später deine Aufgabe umso besser erfüllen zu können."

„Der Magier des Königs zu werden?"

„Sein Berater und Freund", sagte Bunduar. „Könige sind sehr einsam. Sie haben viele Menschen um sich herum, die ihnen nach dem Mund reden, es aber nicht ehrlich meinen."

Rowan nickte.

„Deshalb ist es wichtig, wenn ein guter Freund viel gelernt hat und Menschen und Gefahren einschätzen kann. Außerdem lernst du Ritter, Fürsten und Könige, Priester und Magier kennen. Das wird später von Vorteil für euch sein, wenn ihr Verbündete benötigt."

Rowan umarmte seinen Großvater und drückte ihn ganz fest an sich. Am liebsten würde er ihn nicht loslassen, so schmerzvoll war für Rowan der Abschied.

„Wenn du Hilfe benötigst, rufe Sirii. Er passt auf dich auf."

Der Elfenprinz hatte ihm schon mehrmals aus großer Gefahr geholfen. Trotzdem war er kein Freund, der ihm nahestand. Sie hatten nur wenig Kontakt miteinander. Rowan hätte sich gern viel öfter mit ihm unterhalten, doch Sirii lebte mit seinem Volk in einer anderen Welt. Aber er schien zu ahnen, wenn Rowan sich in Gefahr befand. Denn dann war er rechtzeitig zur Stelle und half.

„Sirii wohnt so weit weg."

„Für Elfen sind die Entfernungen kürzer. Auch Sirii ist noch in der Ausbildung."

Rowan wunderte sich, woher sein Großvater Bescheid wusste, sagte aber nichts.

„So wie du mit Sirii befreundet bist, bin ich mit der Elfenkönigin Mirasa befreundet."

Sein Großvater konnte manchmal Gedanken lesen. Nein, er konnte sogar Gedanken anderer beeinflussen. Rowan übte sich in dieser Technik auch, doch noch beherrschte er sie nicht wirklich.

Bunduar segnete ihn und bat die Göttin um Schutz für Rowan, dann stieg er wieder auf sein Pferd und ritt weg, ohne sich noch einmal umzusehen. Rowan blieb so lange stehen, bis er seinen Großvater nicht mehr erkennen konnte. Dann saß auch er auf und ritt langsam zur Hütte zurück. Bei nächster Gelegenheit würde er versuchen, Sirii zu rufen. Bisher hatte er ihn immer nur um Hilfe gerufen, doch vielleicht konnte er sich mit ihm auch anfreunden und richtig unterhalten.

Als er zurückkam, saßen die anderen in der Hütte an einem Torffeuer, wie er durch das Fenster sah. Er sattelte das Pferd ab und führte es in den Pferch zu Hildruns Maultieren.

„Wie gut, dass wenigstens du bei mir bist", murmelte er und schmiegte sich an Scharus' Hals. Eine Weile genoss er die Nähe und Wärme des Tieres, dann straffte er sich, verließ das Gehege und betrat die Hütte.

Xanris rückte auf der Bank etwas zur Seite um Platz für ihn zu machen. Rowan lächelte ihm dankbar zu, setzte sich und füllte eine Schüssel mit Brei.

Hildrun erklärte Xanris gerade ein bestimmtes Kraut und wie man damit unter anderem auch Schwangerschaften verhindern könne. Rowan hörte aufmerksam zu.

„Wir verwenden es für die Tiere, die wir für Karawanen benötigen, damit sie die Reise durchhalten", erklärte Altus.

Rowan hatte auch schon von Kräutern gehört, die die Hirten ihren Tieren gaben, wenn es eine Dürre gab. Zwei Frauen hatte seine Mutter mit dem gleichen Kraut behandelt, da sie krank waren und keine weiteren Kinder bekommen durften.

„Solche Dinge sollten wir vor Kindern gar nicht besprechen", murmelte Altus und sah Rowan dabei spöttisch an.

Rowan tat so, als hätte er ihn nicht verstanden. Hildrun musterte Rowan nachdenklich, sagte aber nichts. Bald darauf legten sie sich auf dem Torflager in einer Hüttenecke schlafen.

Es war noch dunkel, als Hildrun Xanris und ihn weckte, um mit ihnen ins Moor zu gehen. Es gab kein Frühstück und Hildrun erklärte ihnen auch nicht, was er vorhatte. Da Xanris nicht fragte, folgte auch Rowan schweigend dem Meister. Altus wollte in die Berge reiten und dort nach zwei Kräutern suchen, deren Namen so ähnlich klangen wie bei ihnen, sodass Rowan annahm, dass es Zonbuars Sternenkraut und Mondsterne waren.

Er war sich aber nicht sicher, traute sich jedoch nicht, Hildrun zu fragen.

Hildrun führte sie immer tiefer ins Moor hinein. Rowan versuchte, sich den Weg zu merken, doch das war nicht ganz so einfach, weil keine Wegmarken dabei halfen. Mitten im Moor gab es eine Insel, auf der das Pfeilkraut wuchs. Rowan näherte sich vorsichtig dem giftigen Kraut, das auf der Haut brannte. Xanris ging jedoch darauf zu und sah es sich genau an.

„Das Pfeilkraut wächst nur auf dieser Insel im Moor. Im Sumpfland, so heißt es, soll es diese Pflanzen auch geben, aber bei uns kenne ich nur diese eine Stelle", erläuterte Hildrun.

„Ein Kraut der Moorgeister", murmelte Rowan. Er wunderte sich, dass Hildrun ihnen schon jetzt die Stelle zeigte, wo er doch zuvor gesagt hatte, dass sie noch einige Jahre darauf warten mussten.

Hildrun schien ihn zu verstehen, auch wenn er magianisch sprach.

„Nur Magiermeister dürfen die Pflanze pflücken – und auch nur in einer Neumondnacht. Ich bin jeden Herbst hier beim Moor zum Fasten und Meditieren. Während dieser Zeit sammle ich Kräuter und suche die Freundschaft mit den hiesigen Geistern, damit sie mir wohlgesonnen sind."

Rowan nickte. Bunduar legte auch viel Wert auf die Freundschaft der Geister und Elfen.

„Fühlt ihr die Anwesenheit irgendwelcher Wesen?", fragte Hildrun unvermittelt.

Rowan spürte den Elfenprinzen. Er war froh, seinen Beschützer in der Nähe zu wissen, wollte es aber nicht sagen. Also sammelte er sich und spürte seinen Empfindungen nach. Er hörte helle, fröhliche Stimmen, doch dann dröhnte aus dem Erdinneren ein tiefer Bass, der bedrohlich klang. Ein Schauer jagte ihm über den Rücken. Mit diesem mächtigen Geist wollte er sich auf keinen Fall anlegen.

„Ich spüre die Pflanzengeister, sie sind freundlich; aber es gibt auch eine dunkle, mächtige, eher ungehaltene Stimme. Dieser Geist fühlt sich offensichtlich gestört", flüsterte er fast tonlos.

Xanris schaute ihn ungläubig an. „Hier ist überhaupt nichts. Es ist kalt und neblig."

Tatsächlich senkte sich plötzlich Nebel über das Moor, obwohl es Mittagszeit war.

„Wir dürfen nur tagsüber und nüchtern herkommen, ansonsten ist es zu gefährlich. Die Nebel tauchen schlagartig auf. Aber die kleinen Geister, die Rowan fühlt, geleiten uns sicher über den Weg, den wir hergekommen sind." Hildrun sah die beiden Jungen streng an.

„Und die dunkle Stimme?", fragte Rowan leise. Diese Macht bedrückte ihn.

„Das ist der Moorgeist. Er lässt sich nicht gerne von Menschen behelligen, vor allem nicht von Fremden. Doch wir wollen ihm unsere Freundschaft anbieten."

Hildrun machte mit der Hand ein Zeichen und die beiden Schüler setzten sich im Schneidersitz hin und versenkten sich in ihr Inneres.

Rowan spürte den Moorgeist immer stärker. „Wer bist du? Warum störst du meine Ruhe?", fragte er übellaunig.

„Ich bin Rowan, Hildruns Schüler. Ich möchte die mächtigen Geister kennenlernen und ihnen meine Freundschaft anbieten", hauchte er leise. So leise, dass Xanris und Hildrun es nicht hören konnten.

„Du bist Bunduars Enkel, nicht wahr? Bunduar und Hildrun sind die einzigen Menschen, die ich ertrage."

„Bitte, habe Geduld mit mir, ich bin erst ganz am Anfang meiner Ausbildung. Vielleicht gewinne ich eines Tages deine Anerkennung."

„Das wird dauern." Mit diesen abfälligen Worten verschwand der Moorgeist.

Rowan nahm zwar seine Anwesenheit weiterhin wahr, hörte ihn aber nicht mehr.

Einen Augenblick später schrie Xanris gellend, sprang auf und rannte weg. Rowan öffnete die Augen. Er brauchte etwas, um sich zu besinnen, bevor er aufsprang und hinterherlief.

„Xanris, bleib stehen", schrie er laut. Doch der Vorsprung war zu groß, er konnte Xanris nicht einholen, der sich bereits auf dem kleinen Pfad durchs Moor befand.

An der Grenze zur Insel bremste Rowan schlagartig. Durchs Moor wagte er nicht zu rennen.

Zum Glück blieb auch Xanris stehen. Verängstigt drehte er sich um sich selbst und traute sich nicht mehr zurückzugehen.

Rowan schaute hilfesuchend zu Hildrun, doch der verharrte in seiner Versenkung. Rowan sah sich den Boden um ihn herum genau an. Schon oft war er daheim mit

Mutter oder Großvater durchs Moor gelaufen. Doch noch nie hatte er einen Weg durch ein unbekanntes Moor gesucht. Er tastete sich vorsichtig vorwärts. Dabei achtete er auf die Stimmen der Pflanzengeister. Waren sie hell und freundlich, war der Boden tragfähig und er setzte seinen Fuß weiter. So erreichte er nach einer Weile Xanris, reichte ihm seine Hand und zog ihn hinter sich her. Xanris' Hand war feucht und zitterte. Bald erreichten sie die Insel wieder.

Erleichtert sank Xanris zu Boden. Er verbarg sein Gesicht in den Händen. „Wenn Hildrun mich nicht gestoppt hätte, wäre ich im Moor versunken. Aber er befahl mir so streng, stehen zu bleiben, dass ich mich besann und anhielt."

Rowan antwortete nicht. Natürlich beherrschte Hildrun die Fähigkeit, die Gedanken der Menschen zu beeinflussen.

„Diese böse Stimme ängstigte mich. Sie fragte mich, was ich hier mache. Ich würde nicht hierhergehören und ich solle, so schnell ich kann, verschwinden, sonst würde ein Unglück geschehen."

„Aber so wäre dir doch erst recht etwas passiert", meinte Rowan vernünftig. „Solange Hildrun bei uns ist, sind wir sicher. Der Moorgeist achtet ihn und wird keinem seiner Schüler ein Leid antun", erklärte Rowan überzeugt.

„Woher weißt du das?", fragte Xanris.

„Ich habe ihn gehört. Er fühlt sich von uns gestört, aber er schätzt Hildrun."

„Ich werde nie ein Magier, ich mag solche Stimmen nicht hören, ich ertrage sie nicht."

Rowan dachte nach. „Magier haben nicht alle die gleichen Fähigkeiten. Einige können in die Zukunft sehen, andere heilen und wieder andere suchen Freundschaft zu den Geistern", sprach er mehr zu sich selbst.

„Und was kannst du?", fragte Xanris.

Rowan zuckte die Achseln. „Ich stehe noch ganz am Anfang meiner Ausbildung. Ich kann dies und das, aber nichts wirklich gut."

„Du bist auch viel jünger als ich." Xanris klang weinerlich.

„Wenn du keine Fähigkeiten hättest, hätte Hildrun dich nicht als Schüler angenommen."

Xanris schwieg, dann sagte er: „Meine Mutter ist eine Hexe, sie kann zaubern."

„Und du?"

Xanris schüttelte den Kopf. „Nein, ich kann es nicht, deswegen hat sie mich weggeschickt."

Rowan grinste. „Irgendwelche Fähigkeiten hast du sicher."

Bevor er weiterforschen konnte, weil es ihn interessierte, tadelte Hildrun sie. „Ihr solltet die Ruhe des Moores achten."

Rowan senkte den Kopf. Er schämte sich ein wenig. Natürlich, daran hätte er denken müssen. Aber er war so mit Xanris beschäftigt gewesen, dass er diese Regel vergessen hatte. Andererseits – sie hatten ja nur geflüstert …

Hildrun wies Rowan einen Platz in der Nähe des Pfeilkrauts zu. „Rufe den Moorgeist an, bitte ihn um Verzeihung für die Ruhestörung. Zur Entschädigung haben wir ihm auch Speisen mitgebracht."

Rowan setzte sich in den Schneidersitz, so dicht an die Pflanze, wie es ging, ohne sich zu verbrennen, und versenkte sich. Schon bald hörte er den Moorgeist.

„Seid ihr noch immer da?", knurrte dieser.

Ein Schauer jagte Rowan über den Rücken.

„Verzeih, dass wir dich in deinem eigenen Reich in deiner Stille stören. Und vielen Dank, dass wir die Heilkräuter sammeln durften. Wir werden dich jetzt längere Zeit wieder in Ruhe lassen. Zum Dank haben wir dir Gaben mitgebracht."

Das Grummeln klang schon etwas freundlicher. „Auf Wiedersehen!", wünschte Rowan noch, dann kehrte er in die Gegenwart zurück und öffnete die Augen.

Hildrun nickte ihm zu und reichte ihm einen Korb.

Rowan nahm Obst, Brot und Käse heraus und warf es weit in die Mitte des Moores. Dann griff er in seine Umhängetasche und zog einen Räucherkegel hervor und warf ihn hinterher.

Er hörte in der Ferne das überraschte Lachen des Moorgeistes.

„Es wird Zeit aufzubrechen. Der Nebel wird sich nicht mehr lichten." Hildrun nahm Sack und Korb hoch und ging zielstrebig voraus. Mit sicheren Schritten folgte er dem Pfad, der im Nebel unsichtbar war.

Xanris zögerte, doch Rowan schob ihn energisch hinter Hildrun her und lief als Letzter.

Erst als sie das Moor längst verlassen hatten, fragte Rowan seinen neuen Freund: „Du kennst dich im Moor nicht aus?"

„Nein, ich stamme aus den Bergen, bei uns gibt es keine Moore."

„Und welche Fähigkeiten hast du nun?" Rowan ließ nicht locker.

Xanris zuckte die Achseln. „Keine."

Doch am nächsten Tag bewies er, dass auch er eine große Gabe hatte. Das Maultier scheute beim Ritt in die Berge und Xanris nahm die Zügel, sprach mit ihm und führte es danach über die steilsten Berghänge.

Später lauschte er dem Gesang der Vögel und erklärte Hildrun, dass Fremde ein paar Tage zuvor hier vorbeigekommen seien.

„Bunduar und ich", vermutete Rowan.

Doch Xanris schüttelte den Kopf. „Nein, es waren fünf Ritter."

„Du sprichst mit Tieren …! Du weißt aber schon, dass Menschen normalerweise nicht mit den Tieren sprechen können?", fragte Rowan lächelnd.

Xanris schaute ihn überrascht an. „Menschen vielleicht nicht, doch Hexen und Magier schon."

Rowan lachte. „Aber nur wenige – und du gehörst offenbar zu ihnen. Von wegen du hast keine Fähigkeiten …"

10.

Kurz bevor der erste Schnee fiel, brach Hildrun mit Rowan und Xanris nach Lallia auf. Altus war von Meister Hildrun weiter zu den Moorfrauen gezogen, eine Gemeinschaft von heilkundigen Frauen in den Mooren an der nordöstlichen Grenze von Llyllia. Er hatte sich von Hildrun verabschiedet, aber nicht so, wie Rowan es für angemessen hielt. Kein Wort des Dankes, nur ein kurzes „Auf Wiedersehen", als ob er ein paar Tage später zurückkommen würde. Xanris und Rowan hatte er geflissentlich übersehen.

Erst nach ein paar Stunden fühlte sich Rowan erleichtert. Altus würde sicher einmal ein mächtiger Magier werden. Möglicherweise ein gefährlicher Gegner, befürchtete er.

Hildrun zeigte ihnen auf dem Weg zur Burg noch weitere Orte, an denen er Heilpflanzen sammelte. Er wies auf eine ganz bestimmte. „Das Lebenskraut hilft, wenn die Gegner mit vergifteten Pfeilen schießen und jemand verwundet wurde", erklärte er und sammelte ein paar dieser Pflanzen ein.

„Lebt ihr denn im Krieg?", fragte Rowan überrascht.

Hildrun schüttelte den Kopf. „Nur falls die fremden Ritter wieder auftauchen sollten ..."

Sie übernachteten in einer Waldbauernhütte, die verlassen war. Als die beiden Jungen schliefen, stand Hildrun auf und wanderte in den Wald hinein. Rowan erwachte von seinen Schritten. Am liebsten wäre er hinterhergegangen, aber er wollte seinen Lehrmeister nicht verärgern, denn dieser hatte ihn nicht aufgefordert mitzugehen. Deshalb drehte er sich um und schlief weiter. Am Morgen sah er einen prall gefüllten Beutel mit Kräutern an einem Maultier hängen. Er sagte aber nichts dazu, obwohl er neugierig war.

Am Abend erreichten sie Burg Lallia. Das zuletzt gesammelte Kraut hing Hildrun auch nicht in seiner Hütte zum Trocknen auf. Rowan vermutete, dass er es in die Waffenkammer der Burg gebracht hatte. Also war das Kraut aus dem Wald sicher kein Heilkraut, sondern ein Gift gegen eventuelle Gegner. Sorgte sich Hildrun vor einem Angriff?

Den Spätherbst und Winter über blieb Hildrun mit Xanris und Rowan in seiner Hütte nahe der Burg wohnen. Hildrun verlangte viel von seinen Schülern. Morgens, lange vor Sonnenaufgang, mussten sie aufstehen. Und erst spät am Abend durften sie schlafen. Dafür gab er ihnen ab und zu einige Stunden frei. Rowan nutzte seine Freizeit, um gemeinsam mit seinen Freunden Ottgar und Mardok kämpfen zu lernen. Manchmal half er auch als Page bei König Baruan aus. Die Königin persönlich nahm ihn unter ihre Fittiche und brachte ihm höfische Manieren bei. Dabei hatte er gedacht, schon auf Wanroe ausgezeichnetes Benehmen gelernt zu haben. Doch es zeigte sich, dass es noch viel zu lernen gab, wenn er sich bei Hof angemessen verhalten wollte.

„Ich habe überhaupt keine Ahnung von Benimmregeln. Aber die meiste Zeit habe ich ja auch im Wald gelebt", klagte er eines Tages Mardok gegenüber.

Der lachte nur. „Mein Großvater hat mich gut erzogen, aber in Cajan merkte ich, dass ich fast überhaupt nichts weiß. Und hier habe ich auch wieder von vorne angefangen. Jedes Land hat seine eigenen Sitten." Er klopfte Rowan auf die Schulter. „Unsere Familien erwarten, dass wir uns später in verschiedenen Königreichen entsprechend der jeweiligen Umgangsformen zu benehmen wissen."

„Ich soll doch nur Magie lernen", stöhnte Rowan.

Ottgar kam gerade dazu und lachte. „Mein Vater will, dass du genauso wie wir die höfischen Sitten und Gebräuche beherrschst."

Xanris begleitete Rowan manchmal an den Hof. Aber er zeigte nur eine Neigung für das Reiten. „Ich lerne bei einem Magier, mit Waffen kann ich nicht umgehen – es interessiert mich auch nicht –, und die feinen Sitten werde ich auch nie behalten. Ich bin nun mal kein hochgestellter Herr", meinte er nur, als Rowan morgens früh aufstand, um zur Burg zu laufen und ihn einlud mitzukommen. An manchen Tagen hielt Xanris sich in den Ställen auf und lernte von den Pferdeknechten eine Menge über die Behandlung von Tieren. Als eines Tages ein Stier aus dem Stall eines Bauern ausbrach und wild geworden durch das Dorf raste, kam Xanris gerade hinzu. Mutig stellte er sich zwischen das Tier und einer alten Frau, die an einem Stock zum Bach humpelte. Besänftigend sprach er auf das Tier ein. Nach einer Weile beruhigte sich der Stier, und ließ sich von Xanris in den Stall zurückführen.

„Er mag eure lauten Stimmen nicht. Schreit ihn nicht an", empfahl er dem Besitzer und schloss die Stalltür.

„Und außerdem will er eine hübsche Kuh haben", flachste der Bauer.

„Das würde ihm sicher gefallen. Habt ihr eine?", fragte Xanris ganz ernsthaft und schaute verwundert auf, als die Umstehenden lachten. Offensichtlich verstanden sie die Tiere tatsächlich nicht.

Bevor es zu schneien anfing, suchte Hildrun mit seinen Schülern noch in der Umgebung Schwarzbeeren, die gegen Harnleiden und Erkältungen halfen, und Moose, die auf Wunden aufgelegt, Entzündungen verhinderten. Anschließend hängten sie die Pflanzen zum Trocknen vor der weiteren Verarbeitung auf. Regelmäßig mussten sie die Kräuter durchsehen, damit nichts faulte und verdarb. Einige Pflanzen wurden in Alkohol eingelegt, um Tinkturen – zum Beispiel für die Wundreinigung – herzustellen. Außerdem stellten sie Salben für äußere Verletzungen der Burg- und Dorfbewohner her.

Nebenbei erklärte Hildrun ihnen alles Wissenswerte und ließ sie es auswendig lernen.

Rowan musste ein Rezeptbuch für ihn schreiben. Xanris war damit überfordert. Er schrieb nur wenig. „Warum übst du es nicht?", fragte Rowan.

„Ich kann es nicht. Meine Mutter ist eine Hexe, sie kann weder lesen noch schreiben. Ich habe es bei Altus gelernt."

„Aber nur durch Übung beherrscht du es richtig." Rowan gab ihm seine Wachstafel und ließ ihn einige Rezepte aufschreiben. Doch in der Zeit, in der Rowan mit gestochen scharfen Buchstaben mehrere Rezepte aufschrieb, brachte Xanris mit krakeliger Schrift ein einziges Rezept zustande.

„Lass ihn. Xanris hat ein hervorragendes Gedächtnis. Er merkt sich alles", bremste Hildrun Rowans Eifer.

Tatsächlich konnte Xanris genauso gut wie Rowan auswendig lernen. Manches merkte er sich sogar besser. Immer öfter wurde Xanris auch von den Bauern geholt, wenn ein Tier krank war und Hildrun ließ ihn allein losziehen.

Rowan begleitete Hildrun zu Krankenbesuchen, ebenso zu den Tieren in der Burg, wenn eins von ihnen kränkelte. Sein erster Patient war der Lieblingshund des Königs. Der Magier ließ Rowan den Vortritt. Rowan sprach leise mit dem Tier, dann strich er mit seinen Händen vorsichtig und langsam über den ganzen Körper, um die Hand anschließend auf dem Kopf liegen zu lassen.

Er runzelte die Stirn. Dann wandte er sich dem König zu: „Ist die Hündin gedeckt worden?"

Baruan schüttelte den Kopf. „Sie ist noch zu jung. Sie soll erst etwas älter und kräftiger werden."

„Sie glaubt, sie sei schwanger. Sie leidet an einer Scheinschwangerschaft."

Rowan nickte bekräftigend, schloss die Augen und versuchte, gedanklich mit der Hündin zu sprechen. Aber er hatte so seine Probleme damit. „Du bekommst keine Jungen." Sie jaulte herzzerreißend. Xanris hätte es sicher besser gekonnt. Deshalb beschloss er, ihr einen Kräutersud zu geben. Er suchte Pflanzen heraus, die sein Großvater bei Frauen anwandte, die eine Fehlgeburt erlitten hatten. Von allen nahm er etwas weniger und kochte daraus einen Aufguss, den er in das Futter der Hündin mischte.

Hildrun beobachtete ihn schweigend, ohne etwas zu sagen, was Rowan verunsicherte. Sein Großvater hatte immer alles mit ihm besprochen und ihn, wenn es angebracht war, in seinem Handeln bestätigt. Hildrun war ganz anders. Er schwieg. Hoffentlich griff er ein, wenn er etwas falsch machte.

Doch schon am nächsten Tag berichtete ihm ein Page, der den König bediente, dass es der Hündin besser gehe.

Ein paar Wochen später nahm Hildrun Rowan zu einer schwangeren Frau mit. Sie litt an morgendlicher Übelkeit, ihre Brüste spannten und ihr Bauch war leicht gewölbt. Auch diesmal durfte Rowan selbst behandeln.

„Ich will vom Magier behandelt werden, nicht von einem Kind", zeterte die Frau.

Rowan straffte sich, damit er größer wirkte. Trotzig hob er sein Kinn, wenn er Ritter würde, wäre er bald Knappe und kein Kind mehr. „Ich lerne seit vielen Jahren Magie und habe nicht nur häufig zugesehen, wie Schwangere behandelt werden, sondern selbst schon erfolgreich Frauen geholfen."

Die Frau beruhigte sich nicht. Aber da Hildrun nichts unternahm, auch nicht mit der Frau sprach und sie nicht besänftigte, musste Rowan sie erst einmal überreden, sich von ihm untersuchen zu lassen. Was nicht so einfach war. Erst als die faltenzerfurchte Großmutter etwas in einem Dialekt sagte, was Rowan nicht verstand, beruhigte sie sich.

Dankbar stellte er jetzt der Alten die Fragen und erfuhr, dass ihre Schwiegertochter schon mehrere Fehlgeburten erlitten hatte. Ein Kind war ein paar Wochen nach der Geburt gestorben. Er untersuchte die Frau vorsichtig. Dann blickte er Hildrun an. Der nickte fast unmerklich. Das gleiche Bild wie bei der Hündin. Rowan seufzte leise. Bei der Hündin hatte das Gespräch mit dem Tier nicht richtig geholfen. Bei der Frau wäre es sicher noch schwieriger. Er suchte die Kräuter, die bei der Hündin gewirkt hatten, heraus und kochte den Sud auf dem offenen Feuer in der Hütte.

„Ich gebe dir etwas, was die Beschwerden lindern wird", sagte er. Dann setzte er sich mit der Frau an den Tisch. „Du bist nicht schwanger. Manchmal spielt die Natur mit uns Menschen."

„Das stimmt nicht. Ich bin seit einigen Monden schwanger. Seht mich an."

Er nickte. „Ich weiß. Und trotzdem bekommst du kein Kind. Du solltest längere Zeit nicht schwanger werden. Es ist nicht gut für dich. Dein Körper ist nicht bereit dazu, du bist zu schwach."

„Ich bin die beste Arbeitskraft im Dorf", giftete die Frau.

„Das mag sein. Aber für eine Schwangerschaft bist du im Augenblick nicht gesund genug. Du darfst nicht schwanger werden." Beklommen stellte Rowan fest, dass er noch nicht reif genug war, der Familie zu helfen, auch wenn er den Grund der Krankheit gefunden hatte. Deshalb blickte er bittend zu Hildrun und verließ mit seinem Meister zusammen den Raum.

„Sie leidet wie die Hündin neulich an einer Schein-schwangerschaft. Aber sie glaubt mir nicht. Könnt Ihr sie überzeugen? Und auch mit ihrem Mann sprechen?"

Hildrun lächelte. „Du hast es gut gemacht. Kümmere dich um die Tiere, ich übernehme das Weitere."

Während der Magiermeister lange auf die Frau und anschließend auf den Mann einsprach, sattelte Rowan die Tiere und überlegte, wie viele Lehrjahre er noch bräuchte, um selbst von den einfachen Leuten als Heiler anerkannt zu werden.

Als die Sonne nur noch zur Mittagszeit über die Berge kam, der Sturm um die Burg und die dazugehörige Ort-schaft pfiff und massenhaft Schnee vor sich hertrieb, zogen sie ganz in die Burg. Obwohl die gemauerten Räume, die keinen Kamin hatten, nicht wirklich warm wurden, fühlten sie sich geschützter als in der kleinen Hütte.

Tagsüber saßen die Damen des Hofes, die Ritter, Knappen und Pagen in einem größeren Kaminzimmer und erzählten sich Geschichten, würfelten oder spielten Brettspiele. Die Damen verzogen sich aufgrund der Kälte nicht wie gewohnt in ihre Gemächer, sondern saßen um den Kamin herum und stickten oder musi-zierten. Zwischendurch, wenn der Wind den Rauch durch den Kamin in den Raum drückte, erlitten sie Hustenanfälle. Obwohl die Wände mit dicken Teppichen bedeckt waren, strahlten sie Kälte aus. Rowan sehnte sich nach daheim. In ihrer Hütte war es immer warm gewesen, selbst im härtesten Winter. Allerdings war es hier im Gebirge auch viel kälter. Der Schnee erreichte nach ein paar Tagen die Höhe der Hausdächer. Nur die Burg schaute noch heraus.

„Gibt es hier immer so strenge Winter?", fragte Rowan Xanris.

Der nickte. „Ich lebe jetzt schon drei Jahre bei Meister Hildrun. In jedem Jahr ist es so schlimm."

Scharus litt ebenfalls unter der Kälte. Rowan sorgte dafür, dass er mit anderen Pferden eng zusammenstand, sodass sie sich gegenseitig wärmen konnten. Auch führte er ihn nur im Burghof herum, während die robusten Bergpferde geritten wurden und auf der Weide standen. Die llyllianischen Pferde waren klein, stämmig und widerstandsfähig. Sie kämpften sich durch den tiefen Schnee hindurch und suchten sogar an windgeschützten Stellen nach Futter.

Aber Scharus stammte aus einem warmen Land und besaß nur ein dünnes Fell, deshalb legte Rowan ihm eine Decke über.

Aber auch die Menschen vermieden es, ins Freie zu gehen, so saßen Rowan und seine Freunde an manchen Abenden bei den Damen am Feuer und unterhielten sie mit Liedern und Geschichten aus dem Magierreich.

Nachdem der Schneesturm sich gelegt hatte, nahm Hildrun Rowan mit auf den höchsten Berg der Gegend, dessen Name nicht genannt werden durfte. Gleich hinter der Königsburg begann der Weg. Durch den hohen Schnee war es ein mühsamer Aufstieg. Hildrun hielt Rowan mehrmals davon ab, den eingeschlagenen Weg weiterzugehen, da der Schnee dort zu locker lag, sodass sie einen Umweg machen mussten. Einmal donnerte eine Lawine ganz knapp an ihnen vorbei.

„So etwas gibt es bei euch nicht!", meinte der Magier.

Rowan nickte. „Bei Wanroe nicht. Im Gebirge soll es Lawinen geben. Aber ich bin erst zweimal im Sommer dort gewesen."

Hildrun erklärte ihm, worauf er beim Wandern im Schnee achten musste, wie er es vermied, Lawinen auszulösen, und wie er gefährliche Stellen erkennen konnte. Bei dem nächsten Hang unter einem Schneebrett wartete er ab, ob Rowan selbst die Gefahr erkennen würde. „Wie kommt ihr hier vorwärts, wenn überall Lawinen drohen?", fragte Rowan, als er stehen blieb.

Hildrun lachte leise. „Notfalls machen wir den Weg erst im Sommer. Geduld lernt man im Gebirge." Dann schritt er voran und Rowan folgte ihm, immer mit einem ängstlichen Blick nach oben gerichtet.

Knapp vor dem Gipfel befand sich ein Plateau. Sie erreichten es erst am frühen Nachmittag. Hier spürte Rowan sich plötzlich den Geistern nahe. Er blieb am Rande stehen. Hildrun lief weiter und drehte sich nach einer Weile nach ihm um. „Komm, die Geister sind uns wohlgesonnen."

Schweigend folgte Rowan Hildrun bis zu einer vom Wind zerzausten Kiefer.

„Der Geist des Berges!", hauchte Rowan.

„Nicht nur, auch der Gott des Gebirges wohnt hier. Immer wenn ich eine große Frage oder Bitte habe, wende ich mich hier an ihn."

Hildrun fegte mit einem kleinen Reisigbesen den Schnee weg. Rowan erkannte jetzt den Altar, auf dem Hildrun eine Schale mit Harzen stellte und sie anzündete. Dann sang er ein fremdes Lied, das Rowan noch nie gehört hatte. Es gefiel ihm.

Er versuchte, es sich einzuprägen, aber so schnell konnte er die fremden Worte und Weisen nicht behalten.

Anschließend bereitete Hildrun ein Fell auf dem Schnee aus, kniete sich hin, versenkte sich und konzentrierte sich auf seine innere Wahrnehmung. Rowan folgte seinem Beispiel.

Er fühlte den Geist des Berges. Aber den fremden Gott konnte er nicht spüren.

„Ich habe auf dich gewartet", hörte Rowan in seinen Gedanken den Geist sagen.

„Ich bin doch erst seit Kurzem im Land", erwiderte Rowan – ebenfalls in Gedanken.

Der Geist lachte leise. „Du warst schon lange angekündigt. Schon seit deiner Geburt. Nur Bunduar wollte dich nicht so früh ziehen lassen."

„Du bist mir wohlgeneigt?", fragte Rowan.

„Du wirst uns einst retten."

„Bis dahin muss ich noch viel lernen." Rowan fühlte sich mit dieser großen Verantwortung nicht wohl. Er war doch noch ein Junge, ein Lehrling.

„Du hast nicht mehr viel Zeit zum Lernen. Bald werden die dunklen Kräfte versuchen, ihr Land zurückzuerobern."

Rowan erschauderte. „Werden die Naturgeister zu den dunklen Kräften zurückkehren?"

„Nein – einige wenige vielleicht. Aber die meisten fühlen sich mit den neuen Göttern und Magiern wohler. Bunduar und Hildrun nehmen uns ernst und sind höflich zu uns. Das waren ihre Vorgänger nicht immer."

„Danke, dass du uns vertraust", gab Rowan freundlich zur Antwort.

„Dein Großvater hat mich gebeten, auf dich aufzupassen. Wenn sich um meinen Kopf graugrüne Wolken sammeln, bist du in höchster Gefahr. Dann solltest du zu deinem Großvater fliehen. In der Nähe des Moorheiligtums kann er dir besser helfen. Dort gibt es mehr Geister, die auf dich achtgeben. Auch das Elfenreich ist in der Nachbarschaft, sodass alle Elfen für dich kämpfen können."

Rowan nickte. „Danke für deine Warnung, geehrter Berggeist." Er zog aus seiner Tasche einen Räucherkegel hervor, stellte ihn neben Hildruns Schale mit Harz und entzündete ihn. Jetzt spürte er nicht nur den freundlichen Berggeist, sondern eine größere Macht, die ihn nun wohlwollend betrachtete. „Gott des Gebirges, sei mir wohlgesonnen und gnädig", bat er und sang dann laut ein altes Lied, das die Götter ehrte. Älter als die Lieder für die Göttin Jaguar. Die gegenüberliegenden Berge warfen den Schall zurück und sein Gesang war dadurch weithin hörbar.

11.

Hildrun nahm Xanris nicht so häufig mit wie Rowan. Rowan vermutete, dass auf ihn andere Aufgaben warteten, während Xanris glaubte, weil er nicht so begabt wäre. Allerdings erfuhr Rowan von einem Höfling, dass Hildrun auch frühere Schüler nicht oft mitgenommen hatte.

„Ein Magier hat nur selten wirklich berufene Schüler", äußerte Baruan einmal.

Selbst die Königin zollte Rowan Respekt. Wenn sie Hildrun rief, weil eine ihrer Hofdamen krank war, bat sie um Rowans Anwesenheit. „Es gibt nur wenige gute Magier. Wenn ein hoffnungsvoller Nachwuchsmagier am Hof weilt, sollte man ihn fördern. Vielleicht kehrt er eines Tages zu uns zurück", sagte sie leise zu ihrer Lieblingshofdame.

Die Zeit verrann – inzwischen war auch schon der Frühling vorbei. Und Rowan war froh, dass die kalte Jahreszeit hinter ihnen lag. Im Sommer hatte Rowan jedoch nur wenig Zeit für seine Freunde auf der Burg. Hildrun zog von seinen beiden Schülern begleitet von Dorf zu Dorf, um die örtlichen Heiler in der Heilkunst zu unterweisen und Kräuter zu sammeln.

Die beiden Jungen lernten viel von ihm. Selbst Xanris machte, dank Rowans Hilfe, große Fortschritte – sogar im Schreiben.

„Ich kann es nicht", stöhnte Xanris häufig.

„Natürlich kannst du es. Du brauchst vielleicht etwas länger. Das liegt sicher daran, dass ich schon jahrelang von meinem Großvater unterrichtet wurde und du nicht. Manches kenne ich schon, deshalb muss ich nicht so viel Neues lernen", tröstete Rowan ihn und fragte ihn geduldig immer wieder ab.

Dafür schaute Rowan Xanris zu, wenn er Tiere heilte. Rowan, der daheim für seinen guten Umgang mit den Tieren bewundert wurde, staunte, wie Xanris sich in die Tiere hineinversetzen konnte und wie er sie dazu brachte, Sachen zu tun, die sie eigentlich nicht wollten.

„Ich zwinge sie nicht. Ich versuche nur, ihnen die Angst vor etwas Fremden zu nehmen", erklärte er Rowan.

„Warum versuchst du nicht, bei den Menschen die Probleme zu erspüren? Wenn du es bei Tieren kannst, kannst du es auch bei ihnen", meinte Rowan. Auf seine Fürsprache hin nahm Hildrun auch Xanris bei den nächsten Krankenbesuchen mit, und als Rowan ihm aufmunternd zunickte, traute er sich, ein Kleinkind zu behandeln. Wie mit den Pferden sprach er leise mit dem Kind und tastete seinen Bauch ab. Das Kind beruhigte sich unter seinen Händen. Anschließend tauschte er sich flüsternd mit Hildrun aus und verordnete dem Kleinen einen Kräuteraufguss und warme Wickel.

So nach und nach traute er sich mehr zu und behandelte schließlich sogar Erwachsene.

„Du wirst ein großer Heiler werden", sagte Rowan eines Tages, als sie abends gemeinsam in der Hütte saßen. Rowan schrieb weiter an dem Rezeptbuch und Xanris übte auf der Wachstafel.

„Meinst du wirklich"?

„Sicher. Du kannst gut mit Patienten umgehen."

Hildrun sah von seinem Buch, in dem er las, auf und nickte unmerklich.

„Aber der Mann heute ist ganz grob geworden und hat geschimpft", sagte Xanris kleinlaut.

Rowan lachte. „Der hat sich sehr wichtig genommen und wollte nur vom Meister behandelt werden. Aber Kinder und alte Leute kannst du inzwischen genauso gut behandeln wie früher nur die Tiere."

„Wenn du etwas älter bist, kannst du auch Erwachsene überzeugend kurieren", mischte Hildrun sich jetzt ein.

„Habt ihr mich deshalb als Schüler genommen?", fragte Xanris.

„Gute Heiler können wir gebrauchen. Du hast eine seltene Begabung, nicht nur Tiere zu behandeln, sondern auch ihr Verhalten zu deuten."

Xanris sah ihn überrascht an. „Was habe ich?" Doch Hildrun las schon wieder.

„Du hast neulich gesagt, es wird einen Kälteeinbruch geben", erklärte Rowan statt seiner.

„Ja, die Tiere hatten sich verkrochen." Für Xanris schien diese Beobachtung und deren Deutung selbstverständlich zu sein.

„Genau, nur ich habe es nicht gesehen. Aber ich hoffe, ich lerne es noch von dir."

Rowan konnte seinem Kameraden ansehen, dass er nicht alles gesagt hatte. „Da ist noch etwas", ermunterte Rowan ihn zum Sprechen.

Xanris druckste herum, schließlich sagte er auf Rowans Drängen: „Sie haben mir gesagt, dass sie Angst haben. Sie haben Hunger und es gibt nichts zu fressen, aber sie müssen erst einmal Schutz suchen, bevor sie erfrieren."

„Was ist daran so beängstigend? Ich versuche auch immer, mit den Geistern in der Natur zu sprechen. Nicht jeder Geist mag mich, aber ich bin zu jedem freundlich und viele antworten mir auch."

„Wirklich? Du bist auch ein richtiger Magier! Du stammst aus einer großen Familie." Mit einem bewundernden Blick schaute Xanris Rowan an.

Der schüttelte den Kopf. „Du stammst doch auch von einer magischen Familie ab."

„Nein, nur aus einer Hexenfamilie. Aber ich kann leider nicht hexen. Und die Magier lachen uns aus, schlimmer noch – sie verteufeln uns", flüsterte Xanris. Er schaute auf seine Holzschuhe.

Rowan zuckte die Achseln. Er konnte es nicht verstehen, bisher hatte er auch noch nie Hexen kennengelernt. Leider war sein Großvater nicht da, um ihn danach zu fragen.

Ein paar Tage später traute Rowan sich und fragte Hildrun danach. Aber der blieb ihm eine Antwort schuldig. Am Abend, als sie an einem Lagerfeuer saßen, sagte er nur: „In Llyllia sind Magier nicht so angesehen wie im Magierreich und viele Magier schauen auf Hexen herab, die in manchen Gegenden sogar verfolgt werden, daher scheuen sich Hexen und auch einige Magier, über ihre Fähigkeiten zu sprechen."

Rowan wunderte sich, sagte aber nichts dazu. Schließlich schätzte Baruan sie und behandelte sie zuvorkommend.

Vielleicht war es aber doch anders als daheim. Die Könige des Magierreichs stammten alle aus einer Magierfamilie. Magier waren daher sehr angesehen und mächtig. Trotzdem hatte er geglaubt, dass die Könige der Nachbarreiche die Magier ihrer Höfe ebenfalls alle achteten. Dass das wohl doch nicht der Fall war, wunderte ihn.

Im Spätsommer trafen sie in der abgelegenen Burg Randil, die sich im Gebirge befand, König Baruan und seinen Hofstaat. Sie weilten dort zur Jagd und waren den Mücken und dem Ungeziefer im Tal ausgewichen.

Rowan freute sich, Ottgar und Mardok wiederzusehen.

„Leidet ihr nicht auch ständig unter Mücken?", fragte der Knappe Warun die drei Jungen aus dem Magierreich.

„Nein, Wanroe liegt hoch und das nächste Moor ist weiter entfernt", sagte Ottgar.

„Im Heiligtum werden ständig Räucherkegel angezündet, um die Mücken zu vertreiben. Und meine Mutter macht es bei uns daheim auch manchmal. Aber es sind nur wenige Wochen, wo es nötig ist", erklärte Rowan.

„Solche Räucherkegel könnten wir auch gebrauchen", meinte Warun.

Rowan nutzte die Tage auf Randil, um seine Fähigkeiten als Ritter zu erweitern. Die Königin brachte den Pagen und Knappen tanzen und den höflichen Umgang mit Damen bei. Die Männer lehrten sie die Handhabung der Waffen. Zum ersten Mal in seinem Leben kämpfte Rowan mit einer Streitaxt. Warun lieh ihm eine leichte Übungswaffe. Damit schlugen sie auf Holzpfähle ein. Und als der Waffenmeister meinte, sie könnten nun genug, durften sie mit einem Pferd reitend auf eine

Strohpuppe losstürmen und diese zu treffen versuchen. Wieder einmal waren die anderen Pagen viel besser als Rowan. Er war enttäuscht. Nie konnte er genug üben, um die ritterlichen Künste vollendet zu beherrschen.

„Dein Großvater möchte, dass du deine besonderen magischen Fähigkeiten nutzt", sagte Hildrun, der ihnen eine Weile zugesehen hatte und Rowans Enttäuschung erkannte.

„Und König Wilhar möchte, dass ich zudem ein geschickter Ritter werde."

Hildrun lachte leise. „Als erfahrener Magier bist du deinen Königen wertvoller, gute Ritter gibt es viele."

„Das sagen alle", stöhnte Rowan. „Aber meine Freunde aus Wanroe werden alle Ritter, nur ich werde Magier."

„Du bist etwas ganz Besonderes. Ottgar hat keinerlei magische Fähigkeiten. Du bist der hoffnungsvollste Schüler, den ich je hatte. Vergeude deine Begabung nicht."

Trotzdem ließ Hildrun Rowan mit den anderen adligen Jungen weiter üben und seinen Spaß haben. Während Xanris sich den Pferdeknechten und dem Schmied anschloss.

„Wenn Hildrun mich rauswirft, gehe ich zum Schmied. Er meint, ich würde geeignet sein,", erklärte Xanris eines Abends.

Rowan musterte ihn. Obwohl Xanris im letzten Jahr gewachsen und breitschultrig geworden war, traute er sich noch immer nichts zu. Vom Körperbau sah er tatsächlich eher wie ein Schmied, als wie ein Magier aus.

Doch mit seiner Fähigkeit, mit Tieren zu sprechen und mit einfachen Leuten umzugehen, würde er ein besonderer Magier werden.

Trotzdem meinte Rowan: „Dann lerne doch jetzt so viel wie möglich bei ihm." Ein paar Mal begleitete er Xanris zur Schmiede und schaute zu. Xanris war wirklich talentiert. Der Schmied lobte ihn. „Warum willst du Magier werden? Du könntest der Hufschmied des Königs sein."

Auf dem Rückweg zu ihrer Kammer meinte Rowan. „Vielleicht solltest du beides lernen."

„Wie meinst du das?", fragte Xanris überrascht.

„Als Hufschmied lebst du bei Hof, bekommst vieles mit und kannst auf die Ritter einwirken. Sie sogar unauffällig lenken. Nebenbei heilst du die Tiere und die Bewohner der Burg."

„Hildrun wird böse sein, wenn er erfährt, dass ich Schmied werde. Und meine Mutter wird mich verhexen." Sein Gesicht wirkte versteinert.

Rowan lachte. „Sie wird nicht ihren eigenen Sohn verhexen. Außerdem hat sie dich weggeschickt, um bei anderen die Heilkunst zu lernen, weil du nicht hexen kannst."

„Du kennst meine Mutter nicht", sagte Xanris düster.

Sie legten sich zusammen in ihr Bett. „Du musst natürlich erst einmal bei Hildrun so lange lernen, bis er meint, du hättest genug gelernt", fuhr Rowan fort.

„Das wird er nie sagen. So viel wie du oder wie Altus werde ich mir nie merken."

Rowan lachte. „Du hast eben eine andere Aufgabe im Leben, die genauso wichtig ist wie die unsrige. Hildrun wird wissen, wann du genug gelernt hast. Aber frage ihn doch direkt, ob Hufschmied vielleicht auch deine Berufung ist."

„Das traue ich mich nicht."

„Jetzt noch nicht. Aber vielleicht im nächsten Frühjahr. Oder im übernächsten. Du wirst schon wissen, wann die Zeit reif ist für diese Frage."

Als die Tage kürzer wurden, zog Hildrun mit ihnen wieder zum Moor. Wie im Jahr zuvor wohnten sie in der Torfhütte. Sie lernten Gesänge, um die Moorgeister zu beruhigen, und sammelten die Pflanzen, die hier wuchsen, um sie weiterzuverarbeiten. Einige mussten sie bei Neumond sammeln, andere bei Vollmond.

„Rowan, es ist Neumond. Du gehst heute Nacht ins Moor und sammelst das Pfeilkraut."

Rowan sah Hildrun entsetzt an. „Der Moorgeist war im letzten Jahr sehr ungehalten, weil wir ihn gestört haben."

Hildrun sah ihn streng an. „Ich habe dich die Gesänge gelehrt. Wende sie an und opfere ihm, versuche, Kontakt aufzunehmen, sei ehrerbietig und bitte um die Pflanze. Du bist hier, um den Umgang mit Naturgeistern und den richtigen Zeitpunkt zum Sammeln der Heilpflanzen zu erlernen."

Rowan nickte und sagte nichts mehr.

„Siehst du, mir traut er nichts zu", flüsterte Xanris in einem ruhigen Augenblick Rowan zu.

„Du wirst andere Aufgaben haben. Meine wird es sein, der Berater des Königs des Magierreichs zu werden. Wenn ich nicht fleißig lerne, bin ich nicht gut genug, dann muss mein Großvater einen anderen Schüler finden." Nicht zum ersten Mal zweifelte Rowan daran, den hohen Anforderungen gerecht zu werden.

„Und meine Aufgabe?", fragte Xanris niedergeschlagen.

Rowan zuckte die Schultern. „Frage Hildrun. Bestimmt irgendetwas mit Tieren."

Als die Sterne aufgingen, nahm Rowan einen Beutel, suchte die passenden Opfergaben zusammen und hängte sich den gefüllten Beutel um. Dann verabschiedete er sich von Xanris. Hildrun war schon vor ein paar Stunden weggegangen. Rowan hoffte, dass er in der Nähe war und auf ihn aufpasste, war sich aber nicht sicher.

Mit weichen Knien und einem mulmigen Gefühl im Bauch suchte er den Weg durch das Moor, den er im letzten Jahr bei Tageslicht gegangen war. Jetzt war es so dunkel, dass er den Weg durch das Moor nicht erkennen konnte. Außerdem hatte es sich verändert, wie alles in der Natur. Er vertraute mehr seinem Gefühl, als dem sicheren Wissen um den Weg.

Vorsichtig tastete er sich voran. Dabei lauschte er den kleinen Pflanzengeistern und befragte sie immer wieder, um ja nicht vom Weg abzukommen. Dumpf spürte er eine gewaltige schlecht gelaunte Präsenz.

Tatsächlich fand er die kleine Insel im Moor, auf der das Pfeilkraut wuchs.

Würde der große Moorgeist ihm gnädig sein? Mit belegter Stimme hob er an zu singen. Er räusperte sich und wurde nach und nach immer sicherer und lauter. Einmal musste er in seiner Erinnerung nach dem Text suchen. Vor ein paar Tagen hatte er noch alle Zeilen sicher beherrscht. Er wiederholte eine Strophe, dann fielen ihm zum Glück die Worte wieder ein. Als er geendet hatte, nahm er die Schale mit Harz und zündete sie an.

„Geehrter Moorgeist, bitte sei einem kleinen Schüler des großen Hildruns gnädig. Mein Meister lässt mich bitten, ein paar Zweige Pfeilkraut zu brechen, damit er Kranke heilen und die Burg des Königs mit einem Schutzzauber umgeben kann.“

„Was geht mich der König an“, knurrte der alte Moorgeist.

„Er sorgt für Ruhe und Ordnung hier im Land. Wenn Krieg und Unruhe herrschen, kommen sicher viele Fremde hier vorbei. Hinter dem Moor führt der Weg in die nördlichen Reiche.“

Der Moorgeist grummelte, diesmal klang es aber nicht mehr ganz so schrecklich. Spontan sang Rowan – einer Eingebung folgend – eins der Lieder, die daheim im Moorheiligtum gesungen wurden.

„Du kennst meine Verwandten im Flachland?“, fragte der Moorgeist und schien erstaunt.

„Das ist meine Heimat. Es sind unsere Freunde. Unsere Priester leben im Moor. Sie sind uns wohlgesonnen. Zu besonderen Feiern ziehen alle ins Moor und huldigen der Göttin.“

149

„Die Göttin Jaguar soll eine Freundin von uns sein“, diesmal klang der Geist fast freundlich.

Rowan bestätigte es.

„Was macht ein Kind hier im Gebirge?“

„Magier Hildrun unterrichtet mich. Er ist mächtig und weise. Ich hoffe, viel bei ihm zu lernen.“ Rowan hoffte, den Geist mit Offenheit zu gewinnen.

Der Moorgeist schwieg wieder. Obwohl am Talende schon ein roter Streifen auftauchte und den Morgen ankündigte, traute sich Rowan nicht, das Pfeilkraut zu pflücken. Hildrun hatte ihm eingeschärft, erst mit dem Einverständnis vom Moorgeist das begehrte Kraut zu nehmen.

Also summte er weiter heilige Lieder. Zwischendurch dachte er an Zuhause. Er sah die Hütte seines Großvaters vor sich. Den Weiher davor. Bunduar und seine Mutter. In Gedanken ging er den Weg durch den Wald zum Moorheiligtum und erinnerte sich an den Abschied vom Hohepriester, bevor er in die Ferne zog.

Plötzlich erklang die dunkle, durchaus wohlwollende Stimme und riss ihn aus seinen Gedanken: „Du darfst von dem Pfeilkraut zwei Zweige pflücken. Besuche mich wieder, wenn du in der Nähe weilst. Deine Gesänge erfreuen mich. Du hast noch einen weiten Weg vor dir. Aber die Geister sind an deiner Seite und helfen dir.“

Überrascht zuckte Rowan zusammen. Er schämte sich, so unaufmerksam gewesen zu sein und geträumt zu haben. Er bedankte sich und brach die Zweige, dann zog er einen Räucherkegel von daheim hervor, legte ihn auf einen Stein, der auf der kleinen Insel als Altar diente, und zündete ihn an.

„Es wird Zeit", mahnte der Geist.

Rowan bedankte sich. „Bleibe mir wohlgesonnen", bat er, warf die Opfergaben ins Moor und sang ein Dankeslied, bevor er sich auf den Rückweg machte. Summend lief er zurück. Er brauchte nicht ängstlich auf die kleinen Pflanzengeister zu lauschen, denn der Moorgeist selbst wies ihm den Weg.

„Rowan, ich hatte schon Angst, dass du im Moor versunken seist", begrüßte ihn Xanris, der am Rande des Moors wartete, erleichtert.

„Es hat etwas gedauert, bis der Herrscher des Moores bereit war, mit mir zu reden und mir das Pflücken erlaubte", erwiderte Rowan. Er hörte das tiefe Lachen des Moorgeistes hinter sich erschallen. Selbst Xanris schien es zu hören, denn er drehte sich überrascht um und suchte das Moor ab.

„Außer uns ist kein Mensch in der Nähe", erklärte Rowan und zog Xanris mit sich. „Komm, lass uns gehen, ich habe Hunger."

Hildrun sagte nichts, als sie in der Torfhütte ankamen. Aber Rowan spürte, wie stolz er auf seinen Schüler war. Erst nachdem er die Zweige zum Trocknen aufgehängt hatte, sprach Hildrun zu ihm: „Bald werde ich dir nichts mehr beibringen können und du wirst weiterziehen."

In den folgenden Tagen sammelten sie weitere Kräuter im Moor und in den nahe liegenden Bergen. Doch der Winter setzte in diesem Jahr früher als im letzten ein, und es wurde unmöglich, noch weiter geeignete Kräuter zu finden.

„Wir müssen zurück, wenn der Pass zugeweht ist, kommen wir nicht mehr zur Burg", entschied Hildrun. Sie verstauten ihre Schätze auf den Rücken der Maultiere und machten sich auf den Heimweg.

12.

Rowan bewunderte bei jeder Reise durch das Gebirge die zähen, ausdauernden Pferde Llyllias. Scharus hatte Probleme mit den schmalen, steilen Wegen. Er war nicht so trittsicher und in den Bergen auch nicht ausdauernd genug. Um den Wallach nicht zu überanstrengen, schickte Rowan ihn auf die Weide. Baruan lieh ihm eine kleine Stute, die auf den steilen Pfaden, die Hildrun häufig zu den Kranken führten, hervorragend kletterte.

Einmal waren sie zum Kräutersammeln unterwegs, da wurde Hildrun zu einem erkrankten Dorfältesten gerufen. Rowan und Xanris sollten während seiner Abwesenheit einen Tee gegen die Euterentzündung, unter der die Kühe der hiesigen Bauern litten, zusammenstellen. Sie waren mehrere Tage damit beschäftigt, da sie erst eine Reihe Heilpflanzen dafür im Wald suchen mussten. Anschließend trockneten sie sie in der kalten, trockenen Gebirgsluft, zerrieben sie im Mörser und füllten das Gemisch in kleine Stoffbeutel.

Sie waren mit der Arbeit gerade fertig, als ein Bauernjunge auf einem Maultier sie in ihrem Lager unter einem alten Baum aufsuchte. Rowan arbeitete weiter, bis der Junge bei ihnen war, dann erst sah er auf.

„Seid gegrüßt", der Junge verbeugte sich. „Ich suche den Magier."

„Der ist bei einem Kranken", antwortete Xanris.

„Wir brauchen dringend einen Heiler. Unsere Nachbarin liegt seit drei Tagen in den Wehen. Sie hat keine Kraft mehr."

„Du hast schon bei Geburten geholfen. Du kannst es", sagte Xanris und schaute Rowan auffordernd an.

„Nein, das waren einfache Entbindungen. Aber wenn es schwierig ist, kann ich nicht helfen", wehrte Rowan ab. Er hatte ein ungutes Gefühl dabei.

Doch Xanris drängte. „Wir können die arme Frau nicht ihrem Schicksal überlassen."

„Wenn es schon so lange dauert, wird unsere Medizin nicht reichen." Rowan hatte davon gehört, dass Heiler Kinder aus dem Mutterleib herausschnitten. Aber dabei würde er die Mutter umbringen. Er wollte auch gar nicht in Versuchung geraten, das Kind zu retten und die Mutter dabei zu verlieren.

„Bitte, komm mit. Sicher hilft es ihr schon, wenn sie weiß, dass ein Heiler da ist", drängte jetzt auch der Junge.

Xanris nickte. „Rowan, das sagst du doch auch immer. Dass die Natur viele Dinge selbst heilt. Und dass wir den Kranken nur dabei helfen, ihre eigenen Kräfte zu finden."

„Bitte." Der Junge schaute Rowan flehend an.

„Hildrun wird uns suchen", wandte Rowan ein. Ihm fielen weiter keine stichhaltigen Gründe ein, nicht mitzugehen.

„Ich bleibe hier und sage es ihm", bot Xanris an.

„Wir können unser Dorf noch vor Anbruch der Dämmerung erreichen, wenn wir gleich aufbrechen. Wir müssen nur das Tal aufwärts reiten und am Talende schließlich den Waldpfad bergauf reiten", erklärte der Junge.

Rowan suchte ein paar Kräuter aus Hildruns Gepäck heraus, während Xanris die Stute sattelte. Dann folgte Rowan dem Jungen, der auf seinem Maultier schon ein Stück vorgeritten war. Die Stute griff tüchtig aus, und er holte den Jungen bald ein.

„Wie heißt du?", fragte Rowan. Statt zu antworten, trieb der Junge sein Tier an.

Nach einer Pause fragte Rowan erneut. „Wie heißt deine Nachbarin?" Etwas später, die Sonne verschwand schon hinter den Bergen, versuchte er es wieder: „Wie nennt ihr euer Dorf?"

Doch der Junge, der bestimmt zwei Jahre jünger als Rowan war, antwortete ihm nicht.

Rowan wurde unruhig. Er hatte nicht das Gefühl, dass der Bursche zu schüchtern war. Warum verhielt er sich so merkwürdig?

Besorgt beobachtete Rowan den Himmel. Das letzte Stück würden sie im Dunkeln zurücklegen müssen. Zum Glück hatte er die Stute, die trittsicher war und auf die er sich verlassen konnte. Nach einer Weile erreichten sie endlich das Talende. Rowan schaute sich um. Hier sah es nicht nach einem Dorf aus. Auch über ihnen in den Bergen konnte er keine Anzeichen einer Siedlung finden.

„Wo ist das Dorf?", fragte Rowan nun leicht ungeduldig.

„Dort oben, hinter dem Wald." Der Junge deutete nach vorn.

„Und wo sind eure Felder und Weiden?", fragte Rowan misstrauisch.

„Wir treiben die Tiere in den Wald."

Es wurde kühler, aber er konnte kein Feuer riechen. Heizten die Leute nicht, waren sie so arm? Dabei waren sie von Wald umgeben. Das ungute Gefühl verstärkte sich. Rowan strich der Stute über den Hals. Sie war ganz ruhig. Nichts schien sie zu stören. Wahrscheinlich bildete er sich nur etwas ein, weil er hier fremd war. Er versuchte, die Baumgeister zu belauschen, doch auch sie schwiegen. Große, alte Bäume gab es hier nicht. Im Gegenteil, der Wald schien recht jung zu sein.

„Wie lange gibt es den Wald schon?", fragte er deshalb.

„Solange ich denken kann."

„Aber als deine Eltern klein waren, gab es ihn noch nicht", stellte Rowan fest. Wieder erhielt er keine Antwort.

Seine Stute tastete sich vorsichtig vorwärts. Es wurde dunkel. Selbst der Vollmond versteckte sich hinter Wolken. Rowan richtete seine ganze Aufmerksamkeit auf den Weg. Als er einmal aufsah, bemerkte er, dass der Junge schon weit vor ihm war. „Halt, warte auf mich", rief er. Doch der Junge trieb sein Tier stärker an. Das warnende Gefühl in ihm verstärkte sich. Sollte der Bursche ihn nicht zu einer Gebärenden führen? Warum kümmerte er sich dann nicht um den Ortsfremden? Wenn er sich verirrte, könnte er der armen Frau nicht helfen! Rowan sah nach oben. Die Wolkendecke riss auf, und der Mond beleuchtete die Berge. Er befand sich auf einer großen Geröllfläche. Hildrun hatte ihn vor dem Betreten von solchem unsicheren Grund gewarnt! Weit und breit konnte er kein Dorf, nicht einmal eine einzelne Hütte erkennen. Er roch noch immer kein Feuer. Dabei saßen die Leute sicher nicht im Dunklen in ihren Hütten – wo auch immer die standen.

Sein Pferd bewegte die Ohren. Vorsichtig suchte es sich einen Weg über den unebenen Boden. Er legte ihm die Hand auf den Hals. Aber es fühlte keine Angst, nur Rowans Unruhe übertrug sich auf das Tier.

Von weiter oben hörte er Geräusche. Es klang wie Schritte und Stimmen. Plötzlich erklang ein lautes Krachen, wie Donnern hörte es sich an. Mit einem Satz sprang die Stute nach vorn und warf Rowan dabei ab. Er schlug mit der Schulter und dem Kopf auf einem Felsen auf. Das Donnern wurde lauter. Obwohl es wehtat, kroch er unter den Stein, der auf der Unterseite eine kleine Höhlung besaß. Geröll prasselte und rollte den steilen Hang herab. Zum Glück war er unter dem Überhang geschützt. Er machte sich so klein wie möglich und sah, wie die Geröalllawine den kleinen Wald wegriss. Bäume knickten um, wie kleine Stöcke. Kein Wunder, dass es hier keine Siedlung gab und der Wald so jung war. Hier konnte kein Leben dauerhaft bestehen. Sein

Atem ging hastig. Er dachte an daheim, an die Hütte im Wald, an seinen Großvater und seine Mutter, an Burg Wanroe mit dem König, Peruan und dem Pferdeknecht Karduar. Dort hatte er sich immer sicher gefühlt. Alle waren ihm wohlgesonnen und beschützen ihn.

Aber hier? Er spürte, dass es keine Naturkatastrophe war, sondern das hasserfüllte Menschen diese Lawine ausgelöst hatten. Hatte die verwirrte Königin Narfin auch in Llyllia Anhänger, die ihn verfolgten? Wer sonst würde ihn umbringen wollen? Vielleicht war es auch nur ein Zufall? Wollte man Hildrun töten? Oder den Enkel des berühmten Bunduars? Dabei war Rowan doch gar nicht mächtig.

Endlich ließ der Steinhagel nach. Rowan wartete eine Weile.

Aus der Ferne hörte er plötzlich Stimmen. Er rührte sich nicht. Ob die Stute es geschafft hatte wegzukommen? Sie war ein liebes zuverlässiges Tier gewesen. Dann erinnerte er sich an den Sommer vor ein paar Jahren, wo Scharus, Peruans Wallach, ihn gewarnt und später vor den Drachen in der Flussau in Sicherheit gebracht hatte. Mit ihm wäre das alles nicht passiert. Das Tier hätte sich bestimmt am Fuß des Hangs geweigert weiterzulaufen.

Wolken zogen auf und verdunkelten den Schein des Mondes. Rowan lauschte angestrengt, doch hörte er nichts mehr, die Leute waren sicher abgezogen. Sie erwarteten in dem Todesstreifen, den die Steinlawine hinterlassen hatte, kein Leben mehr. Er schlängelte sich vorsichtig aus der Höhle heraus. Um keine losen Steine loszutreten, kroch er langsam auf allen vieren voran. Erst als er sich seitlich von der Schneise, die durch die Lawine entstanden war, befand, richtete er sich auf und tastete sich schrittweise vorwärts, immer bemüht, auf keine Äste zu treten. Inzwischen spürte er, dass seine rechte Schulter und der Kopf schmerzten. Er berührte mit der Hand seinen Hinterkopf. Sein Haar war klebrig.

In seinem angeschlagenen Zustand, dazu immer auf der Hut, kein Geräusch zu verursachen und gleichzeitig ständig zu lauschen, brauchte er lange, um die Talsohle zu erreichen. Endlich konnte er schneller ausschreiten, auch wenn es noch immer dunkel war. Zum Glück konnte er den Trampelpfad, auf dem sie hergekommen waren, mit den Füßen ertasten. Er richtete seine Aufmerksamkeit auf Geräusche und spürte die Anwesenheit von Lebewesen und Geistern. Doch die Baumgeister schwiegen. Sie waren voller Trauer um ihre Angehörigen. Er überquerte den Bach, setzte sich am Ufer auf einen Felsen und rastete kurz. Mit der Hand schöpfte er Wasser, spülte den Staub aus seinen Mund und trank. Anschließend befeuchtete er sein Halstuch und wickelte es um seinen Kopf. Für seine Schulter konnte er momentan nicht tun, obwohl die Schmerzen immer stärker wurden.

„Geh auf meine andere Uferseite, auf dieser droht Gefahr", warnte der Bachgeist ihn, obwohl Rowan ihn gar nicht angerufen hatte.

„Aber hier ist der Weg."

„Du kannst auf den Steinen am Bachufer laufen. Die Büsche verdecken dich."

Rowan dankte dem Bach und folgte seinem Rat. Schon bald hatte er nasse Stiefel, aber er kam auf den Steinen ganz gut voran. Das Rauschen des Bachs überdeckte die Geräusche, die seine Schritte machten. Allerdings würde er seine Feinde genauso wenig hören können. Einmal duckte er sich, als er meinte, eine Stimme gehört zu haben. Doch als alles still blieb, lief er weiter.

Es dämmerte bereits, als er eine Fackel vor sich sah. Er blieb stehen und lauschte. Er konnte nichts hören, deshalb lauschte er in sich hinein. Er spürte keinerlei Gefahr.

„Es ist Hildrun, er sucht dich schon seit den Abendstunden", raunte der Bach.

„Vielen Dank", murmelte Rowan. „Sind die Feinde noch in der Nähe?"

„Nein, sie suchen immer noch das Talende nach dir ab. Sie werden sich nicht trauen, Hildrun anzugreifen, dafür ist er zu mächtig."

Rowan ballte die Fäuste. Ihn hatten sie zu Recht nicht ernst genommen. Er musste wirklich noch viel lernen.

Er kletterte aus dem Bachbett heraus und lief Hildrun entgegen. Die Fackel kam näher.

„Rowan", hörte er Hildrun rufen.

„Hier bin ich."

Hildrun erreichte ihn, stieg vom Pferd und hielt die Fackel so, dass sie Rowan beleuchtete.

„Du bist verletzt", stellte er fest.

„Ja, und hinter mir befinden sich Leute, die mich umbringen wollen", sagte Rowan trocken.

Hildrun stieg wieder auf und ließ Rowan hinter sich aufsitzen.

„Wer will mich umbringen? Was sind das für Leute?", fragte Rowan.

Hildrun grummelte: „Ich weiß es nicht. Menschen, die den alten Mächten anhängen. Wahrscheinlich aus dem Vulkangebiet oder der Inselwelt im hohen Norden." Dann trieb er sein Pferd an und sie trabten zurück.

Xanris sprang hoch, als sie ihr Lager erreichten. Er schien erleichtert. „Was ist passiert?"

„Es war eine Falle. Der Junge war plötzlich weit vor mir und dann ging eine Steinlawine auf mich herab. Die Stute hat mich abgeworfen. Ich weiß nicht, ob sie es überlebt hat. Ich bin durch das Bachbett zurückgelaufen."

„Die Stute ist hier", beruhigte Xanris ihn. „Sie hat mir von der Lawine erzählt."

„Mich hat sie leider nicht rechtzeitig gewarnt", meinte Rowan. Erschöpft ließ er sich vom Pferd rutschen und musste sich am Sattel festhalten, um nicht hinzufallen.

„Sie hat es selbst nicht gespürt", beruhigte Hildrun ihn. „Nur wenige Pferde besitzen Gespür für Gefahren, die von großen Meistern ausgehen." Er wandte sich Xanris zu und hieß ihn an, das Lager abzubrechen.

Rowan hockte sich auf den Boden und kaute auf seiner Lippe herum. „Nur die Sumpfpferde, die spüren die Gefahr, nicht wahr?"

Hildrun nickte kaum sichtbar. Er kramte in seinem Beutel und zog ein paar Tiegel heraus. Mit einer Salbe rieb er Rowans schmerzende Schulter ein. „Morgen ist es schon besser", tröstet er den Jungen. Dann nahm er eine andere Salbe und versorgte die Wunde an seinem Kopf. „Gegen die Beule kann ich nichts mehr machen, dafür ist es schon zu spät."

Die Stute hatte Steine abbekommen und sich daher offene Wunden zugezogen. Xanris hatte sie längst verarztet. Er baute das Zelt ab und packte das Gepäck auf die Maultiere. Dann sattelte er sein Pferd.

„Wir reiten zum Dorf im nächsten Tal", sagte Hildrun.

Rowan nickte. Das war eine weite Strecke. Auf dem Hinweg hatten sie mit den Saumtieren zwei Tagesreisen gebraucht, allerdings hatten sie unterwegs gerastet und Kräuter gesammelt. Anscheinend befürchtete Hildrun einen Angriff.

Sein Meister nahm ihn wieder hinter sich auf sein Pferd und ritt voran.

Xanris folgte mit Rowans kleiner Stute und den zwei Maultieren. Rowan hätte bei dem Tempo sicher Probleme mit den widerspenstigen Tieren gehabt, doch Xanris ging geschickt mit ihnen um.

Die Schulter schmerzte Rowan immer stärker, obwohl er versuchte, mit den Entspannungstechniken, die er seit Jahren lernte, die Schmerzen auszublenden. Um schneller voranzukommen, machten sie nur kurze Pausen. Mittags rieb Xanris ihn noch einmal mit den Salben gegen Blutergüsse und Entzündungen ein, danach kam Rowan kaum auf das Pferd hoch.

Hildrun sagte nichts dazu, unternahm aber auch nichts dagegen. Sicher wollte er Rowan prüfen. Und Rowan versuchte, sich nichts anmerken zu lassen. Wenn er später doch Ritter werden wollte, musste er lernen, Schmerzen zu ertragen.

„Magier müssen auch ab und zu krank sein, sonst haben sie kein Verständnis für die Hilfesuchenden", hatte Bunduar einmal zu ihm gesagt, als er mit einer Kinderkrankheit im Bett gelegen hatte. Er erinnerte sich, wie er sich freute, wenn seine Mutter an seinem Bett saß und Lieder sang. Es half fast so gut, wie die Mittel, die sein Großvater ihm viel zu selten verschrieb. Und auch jetzt ließ der Schmerz nach, als er an seine Mutter und ihre Lieder dachte.

„Ist das ein Heil-Lied gegen Verletzungen?", fragte Xanris.

Rowan öffnete die Augen und lachte. Selbst dabei schmerzte die Schulter. „Habe ich laut gesummt?"

Xanris nickte.

„Es ist ein Kinderlied, das meine Mutter sang, wenn ich krank war. Kein Heil-Lied."

„Alles, was Mütter oder andere Familienmitglieder singen, sind Heil-Lieder", sagte Hildrun, dann schwieg er wieder.

Rowan achtete danach wieder mehr auf die Umgebung. Sie ritten durch einen alten Wald, und bald mussten sie das Dorf erreichen. Die Baumriesen zischten sich Warnungen zu. Rowan spitzte die Ohren. „Magier, mächtige Gegner", hörte er sie nuscheln. Leider hatte er keine Zeit, sich mit ihnen zu unterhalten, denn sie ritten weiter, obwohl die Tiere müde waren.

Als es dämmerte, erreichten sie das Dorf. Xanris stieg ab und half Rowan herab.

„Sind wir hier sicher?", fragte Rowan benommen. „Die Bäume waren unruhig."

„Heute Nacht sind wir sicher, wir reiten noch vor Sonnenaufgang weiter", beruhigte Hildrun.

Xanris beeilte sich, die Tiere zu versorgen und Hildrun gab Rowan ein paar Tropfen eines Schmerzmittels mit dem Wasser zu trinken. Anschließend rieb er Rowans Schulter ein und verband sie. „Wir müssen das Gelenk stilllegen, sonst heilt es nicht. Es hat sich entzündet", erklärte er. Danach schaute er sich die Kopfverletzung an, gab auch da eine Wundsalbe darauf und verband den Kopf wieder. Als Xanris die Hütte betrat, nickte er ihm zu. „Ich schaue noch einmal nach meinen beiden Kranken."

Ein Mann war beim Bäumefällen unter einen Baumstamm geraten und lag mit zerschmetterten Bein in der Nachbarhütte. Hildrun hatte ihn auf dem Hinweg behandelt. Und eine junge Mutter hatte Schmerzen in den Gelenken.

Rowan schlief gleich, nachdem Hildrun die Hütte verlassen hatte, ein und wachte erst auf, als er geweckt wurde. „Wir müssen weiter. Du kannst unterwegs essen."

Die Bäuerin reichte ihm eine Schale mit einem Kräuteraufguss, den er, so schnell es bei dem heißen Getränk möglich war, trank. Dann drückte sie ihm noch ein Fladenbrot und Käse in die Hand.

„Danke", brachte Rowan hervor. Die Familie würde sicher deswegen längere Zeit auf Käse verzichten müssen. Hoffentlich bekamen sie keine Probleme, weil sie ihnen geholfen hatten.

„Wir reiten nach Xalingu, dort leiden mehrere Leute an einer Durchfallerkrankung", erklärte Hildrun dem Bauern. „Den Jungen lasse ich dort bei Bekannten, in dem Zustand kann ich ihn nicht zu Kranken mitnehmen", fuhr er fort.

Xanris stützte Rowan und sie gingen gemeinsam zu den Tieren.

„Flachländer sollten nicht in unseren Bergen reiten. Wenn man nicht geübt ist, ist es viel zu gefährlich", sagte der Bauer.

„Hildrun hat erzählt, du wärst auf einem steilen Stück weggerutscht und gestürzt", flüsterte Xanris Rowan zu.

Er hatte Hildruns Pferd an einen Baumstamm, der als Bank diente, geführt und Rowan stieg mit Xanris Hilfe erst auf die Bank und dann auf das Pferd.

„Pass auf, dass die beiden Patienten regelmäßig ihre Medizin nehmen, sonst werden sie nicht gesund", ermahnte Hildrun den Bauern und stieg hinter Rowan aufs Pferd.

Während des Rittes versuchte Rowan, sich mit Meditation und anderen Methoden zu entspannen. Aber die Schmerzen hinderten ihn daran, sich darauf einzulassen. Sie durchritten das breite Tal und bogen in ein Seitental, in Richtung Xalingu, ab.

„Sind die Leute sehr krank? Stecken wir uns an?", fragte Xanris besorgt.

Rowan brachte ein schmerzverzerrtes Lachen zustande.

„Wir reiten nach Raschandi. Aber die Leute, die hinter uns her sind, werden hoffentlich nach Xalingu reiten", erklärte Hildrun geduldig.

Als die Sonne aufging, verließen sie den breiten Weg und ritten eine Weile durch das Flussbett. An einer Felsplatte verließen sie es und zwängten sich durch dichtes Buschwerk. Dahinter trafen sie auf einen kleinen Pfad, der bergauf führte. Es ging immer weiter, der Weg war schmal, schien aber öfter benutzt zu werden. Rowan begann zu fiebern. Sein Kopf glühte und er bekam Schüttelfrost. Hildrun wickelte ihn in eine Decke und hielt ihn fest, damit er nicht vom Pferd fiel. Gegen Mittag erreichten sie eine Einsiedelei.

Ein Mönch trat hinaus und beobachtete sie. „Ist Bruder Reoli da?", fragte Hildrun.

Der Mönch verschwand und kam mit einem weiteren Mann wieder heraus.

„Der Junge ist gestürzt, die Schulter muss eingerenkt werden."

Reoli tastete Rowan ab. Er hatte heilende Hände. Die Stellen, die er berührte, wärmten sich und schmerzten kaum noch.

„Das bekomme ich hin, auch wenn es besser gewesen wäre, du wärst sofort gekommen." Er gab Rowan ein Stück Holz, um darauf zu beißen, dann redete er mit Hildrun und scherzte mit Xanris. Plötzlich zog er an Rowans Schulter. Ein stechender Schmerz durchfuhr ihn.

Er stöhnte und biss auf das Holzstück, dass es fast zerbrach.

Reoli tauchte Stoff in eiskaltes Bachwasser und legte es auf die Schulter. „Wir kühlen es noch ein bisschen. Du bleibst am besten eine Weile bei uns und ruhst, damit die Schulter heilt."

„Das geht nicht", erklärte Hildrun. Er ging mit Reoli in die Richtung, aus der sie gekommen waren. Rowan war sicher, dass er ihnen erklärte, dass sie auf der Flucht waren.

Er schlief ein, nur um gleich wieder geweckt zu werden. „Wir müssen weiter."

An Xanris Pferd waren zwei große Stangen gebunden worden. Zwischen ihnen war eine Decke befestigt. Auf die sollte sich Rowan legen. „Du fällst mir nur vom Pferd, es ist besser, wenn du liegend weiterreist", sagte Hildrun.

„Nein, ich kann reiten", wehrte sich Rowan. Die Männer lachten. Mit einer herrischen Handbewegung deutet Hildrun an, dass er kein Widerwort duldete. Also legte sich Rowan auf die Decke. Anschließend nahm Hildrun die Zügel und führte das Pferd weiter bergauf.

„Vielen Dank!", rief Rowan den Mönchen zum Abschied zu. Das Gestell holperte über die Steine und Felsen. Jeder Ruck schmerzte unerträglich. Der Weg war so steil, dass auch Xanris absaß und die Tiere führte. Hoffentlich hatten ihre Verfolger noch nicht festgestellt, dass in Xalingu gar keine Seuche ausgebrochen war.

Irgendwann dämmerte Rowan weg, immer wieder aus den Schlaf gerissen, wenn es zu holprig wurde und stechende Schmerzen durch seinen Körper jagten.

Er fror. Xanris legte seine Decke über ihn. In einer Pause flößte Hildrun ihm etwas ein. Anschließend schlief er bis zum Abend. Als er die Augen öffnete, erblickte er die Sterne. Es holperte nicht mehr. Sie mussten irgendwo im Freien Rast machen. Er drehte den Kopf. Hinter ihm lag Hildrun, vor ihm Xanris. Im Mondschein konnte er die Umrisse der Tiere erkennen. Sie grasten entspannt. Die Armen, sicher waren sie unterwegs kaum zum Fressen gekommen. Alles wirkte friedlich. Rowan versenkte sich in eine Meditation. Die Geister ruhten. Hier herrschte Frieden. Seine Gegner hatten ihre Spur also noch nicht gefunden.

Und er spürte Sirii in der Nähe. „Ich dachte, du kannst reiten", spottete der Elf.

Rowan verzog sein Gesicht. „Ich habe nicht aufgepasst. Ich war mit dem steilen Weg beschäftigt. Aber wenn ich dichter an dem Bauernbub geblieben wäre, hätten sie trotzdem versucht, mich zu töten. Dann wäre er ebenfalls unter den Steinen begraben worden."

Sirii wurde ernst. „Es sind mächtige Kräfte, die gegen dich sind."

„Wer ist es? Was wollen sie?", drängte Rowan.

„Sie wollen die Macht im Magierreich."

„Und warum wirken sie in Llyllia?"

„Erst die Verbündeten schwächen, dann den eigentlichen Gegner", erwiderte Sirii nebulös.

Rowan war zu benommen, um es richtig zu verstehen. „Bleibst du in meiner Nähe?", fragte er nur.

„Ja, ich passe auf dich auf", versprach der Elf und Rowan schlief beruhigt ein.

Am nächsten Morgen brachen sie schon vor Sonnenaufgang auf. Selbst als einige Stunden später die Sonne aufging, lag das Tal unter ihnen noch im Dunkeln. Bald überquerten sie die Passhöhe und es ging wieder abwärts. Der Weg auf dieser Seite war nicht ganz so steil und Xanris und Hildrun konnten wieder aufsteigen und reiten.

Am Abend übernachteten sie im Stall eines Hirten. Die Ziegen blieben draußen im Pferch, bewacht von zwei großen, zottigen Hütehunden.

„Im Wald leben Wölfe und Bären, da brauchen wir tapfere und kräftige Hunde", erklärte der Hirte. Xanris freundete sich gleich mit den Tieren an.

„Sie warnen uns, wenn jemand kommt", flüsterte er Rowan ins Ohr, als er sich hinlegte. Und da Hildrun ihm wieder Medizin gegeben und auch seine Schulter eingerieben hatte, ließen die Schmerzen nach. Als er am Morgen erwachte, fühlte er sich zum ersten Mal seit Tagen wieder halbwegs gesund. Die Schulter schmerzte kaum noch und das Fieber hatte nachgelassen.

„Ich kann reiten", meinte er. Aber Hildrun schüttelte nur unwillig den Kopf. „Wenn die Wirkung des Mittels nachlässt, hast du wieder Fieber. Es wird noch Tage dauern, bis du wieder gesund bist und noch viel länger, bis du wieder bei Kräften bist."

Rowan musste erneut auf dem Tragegestell Platz nehmen, obwohl er viel lieber geritten wäre. Doch gegen Mittag schlief er wieder ein. Ein paar Stunden später wachte er auf, weil sein ganzer Körper schmerzte und er fieberte.

„Wir sind in der Nähe von Randil", erklärte Hildrun. Da sie in der Nacht keinen Einlass in die Burg erwarten konnten, blieben sie in der Nähe eines Bachs und kampierten unter einem großen Baum. Es war nicht so kalt wie in den Bergen. Allerdings gab Hildrun Rowan kein so ein starkes Mittel mehr, deshalb lag er fast die gesamte Nacht wach. Mühsam unterdrückte er seine Unruhe und zwang sich, sich nicht ständig hin und her zu wälzen, sondern zu meditieren. Dabei entdeckte er den Baumgeist.

„Kleiner, bist du krank?", fragte der Alte mitleidsvoll.

„Gestürzt und verletzt."

„Bei der Lawine? Meine Verwandten sind dabei ums Leben gekommen."

„Ja, ich habe den Wald gesehen, er sah schlimm aus."

„Ich passe auf dich auf. Menschen, die uns umbringen, mögen wir nicht", erklärte der Baumgeist und über Rowan senkte sich eine besondere Ruhe herab, sodass er endlich einschlief.

13.

Hildrun ließ sich am Morgen Zeit. Er schickte Xanris los, Beeren und Wurzeln zu suchen, und machte Feuer. Anschließend kochte er einen Kräuteraufguss für Rowan und röstete die Wurzeln, die Xanris brachte. Erst nach einem ausgiebigen Frühstück brachen sie auf. Gegen Mittag erreichten sie die Burg Randil. Da fast der gesamte Hofstaat auf der Königsburg Lallia war, befanden sich nur drei Ritter, ein paar Mägde und Knechte auf der Burg.

Hildrun schrieb eine Botschaft an Baruan und schickte eine Taube damit los. Währenddessen lüftete eine Magd Hildruns Kammer und richtete ein Lager für Rowan. Etwas später kam ein kleines Mädchen mit einer Schüssel und einem Krug. „Ihr habt sicher Hunger", sagte die Kleine.

Rowan dankte. „Wer bist du?"

„Buja. Meine Mutter hat sich vorhin um dich gekümmert."

„Lebst du immer hier?"

Die Kleine nickte.

„Sind in letzter Zeit Fremde hier gewesen?"

Das Kind schüttelte den Kopf. „Nein, aber eine Brieftaube ist gekommen."

Xanris kam herein. „Ich musste mich erst einmal um die Pferde kümmern. Sie sind jetzt auf der Brache vor der Burg und weiden. Ein Pferdejunge passt auf sie auf."

„Wie geht es der Stute?"

„Besser als dir. Sie ist fast wieder ganz gesund. Allerdings wird sie eine Narbe behalten." Xanris langte mit dem Löffel, den er ständig an seinem Gürtel trug, in Rowans Schüssel.

„Gibt es etwas Neues?" Rowan hatte keinen Appetit und schob seinem Freund die Schüssel zu.

„Ja, drei Fremde sind auf der anderen Seite des Passes tödlich verunglückt."

„Wie ist das passiert?", rief Rowan gespannt. Das war eine wichtige Neuigkeit.

„Der Bach ist angeschwollen und hat den Weg überschwemmt, dabei sind die drei mit ihren Tieren weggerissen worden und ertrunken."

Rowan fuhr hoch. Dabei gab es einen stechenden Schmerz in seiner Schulter, stöhnend griff er nach dem Arm.

„Alles in Ordnung?", fragte Xanris besorgt.

Rowan grinste. „Du kannst dich ja als Heiler versuchen."

Xanris hob abwehrend die Hände hoch.

„Bei einem Pferd würdest du bedenkenlos helfen."

Xanris wurde ernst. „Stimmt, die sind mir vertrauter als Menschen."

„Wieso?"

„Wir leben in einer Hütte im Wald, nur selten verirren sich Menschen zu uns. Meine Mutter hat hauptsächlich Kontakt zu anderen Hexen, zu Zauberern ..."

„Und Magiern", ergänzte Rowan.

Xanris schüttelte den Kopf. „Nein, Magiern geht sie aus dem Weg. Nur als sie mir überhaupt nichts beibringen konnte und Hildrun gerade in der Nachbarschaft weilte, Menschen heilte und die Flussgeister beschwor, nicht über die Ufer zu treten, da wollte sie ihn unbedingt kennenlernen. Denn Regen herbeihexen ist ihre besondere Kunst."

„Also seid ihr hingereist?", fragte Rowan nach. Er freute sich, dass Xanris zum ersten Mal, seit er ihn kannte, so offen mit ihm sprach.

„Ja, und ich half Hildrun bei seinem Packesel. Er wollte sich seinen Huf nicht beschlagen lassen, da habe ich ihn gehalten und beruhigt. Als Hildrun meine Mutter sah, hat er sie beglückwünscht. Natürlich sie hat gleich gejammert, dass ich nichts tauge und zu dumm zum Lernen bin."

„Bei wem hat sie denn gelernt?"

„Bei ihrer Mutter, aber sie konnte wohl schon vieles, ohne es zu lernen."

Rowan nickte, das war bei guten Magiern ähnlich. Er versuchte, sich zu erinnern, was sein Großvater über Hexen gesagt hatte. Aber viel war es nicht gewesen. Es musste schon vor Jahren gewesen sein, als er noch ganz klein war. „Im Magierreich gibt es keine Hexen. Sie waren mit den dunklen Mächten verbündet und wollten nicht mit uns zusammenarbeiten und auch nicht die Göttin Jaguar verehren, hatte Bunduar erklärt."

– „Gab es da Krieg?", hatte Rowan gefragt. „Nein, der Kampf der Magier gegen die dunklen Mächte war vorbei. Die Hexen durften bleiben, wenn sie schworen, niemandem, weder den Menschen noch dem Vieh noch den Magiern, zu schaden. Das wollten sie nicht, deshalb gingen sie lieber ins Südreich, ein paar wenige zogen in den Norden von Llyllia." –

Rowan kehrte in die Gegenwart zurück und schaute Xanris prüfend an. Arbeitete seine Mutter auch mit den dunklen Mächten? Nein, dann hätte Hildrun ihn sicher nicht aufgenommen. Dann fragte er: „Wo hast du gelernt, mit den Tieren zu sprechen?"

Xanris wurde rot. „Das kann ich einfach."

Rowan grinste. „Na siehst du. Es muss nicht jeder den Regen herbeihexen können."

„Meine Mutter ist eine gute Hexe. Sie schadet niemanden. Sie hat auch nichts gegen die Magier, aber sie will auch keinen Kontakt zu ihnen haben." Xanris rieb sich die Hände. „Ursprünglich stammt sie aus dem Norden von Llyllia, aber sie ist in den Süden gezogen, weil sie hoffte, da ein besseres Auskommen zu haben."

„Hat sie bei Hildrun etwas gelernt?" Rowan wollte alles genau wissen. Vielleicht verstand er die Hexen dann besser.

„Ja, er brachte ihr einen Zauber bei, mit dem sie Flüsse und Bäche besänftigen kann." Er kratzte mit seinem Löffel den letzten Brei aus der Schüssel.

„Spricht sie mit den Geistern?"

„Ja, sie sagt ihre Zaubersprüche auf."

Entweder war Xanris' Mutter nur eine mittelmäßige Hexe oder Hexen beherrschten die Zauberei weniger als Magier. Er musste unbedingt Hildrun darüber befragen.

„Bevor Hildrun weiterzog, fragte er mich, ob ich mitwolle. Natürlich wollte ich etwas von der Welt sehen und wenn ich als Pferdeknecht nützlich sein konnte, war ich zufrieden. Doch Hildrun versprach meiner Mutter, mich als Schüler zu nehmen. Meine Mutter lachte nur und ging weg, ohne sich von mir zu verabschieden." Xanris zuckte nur mit den Schultern, aber er sah traurig aus.

Wieder einmal wurde Rowan bewusst, wie gut er es mit seiner Mutter und seinem Großvater hatte. Sie waren liebevoll und kümmerten sich um ihn. Sie sorgten dafür, dass er bei den besten Magiern und Rittern lernen konnte.

„Mir wäre es lieber gewesen, Hildrun hätte mich nur als Pferdeknecht mitgenommen. Ich bin doch für alle eine große Enttäuschung", fuhr Xanris niedergeschlagen fort. Er ließ den Kopf hängen.

„Und Altus?"

„Altus war schon ein paar Jahre bei Hildrun. Er wollte das folgende Jahr weiterwandern. Schließlich überlegte er es sich anders und blieb ein weiteres Jahr. Inzwischen ist er in den Norden gezogen und lernt bei Schuchar."

„Ich dachte, er ist bei den Moorfrauen", wunderte sich Rowan. „Woher weißt du das?"

„Das haben mir die Gänse erzählt, die bei uns überwintern. Im Moor war er nur kurz. Dort konnte er bestimmt nicht viel lernen."

„Ich habe von Schuchar gehört. Er ist noch gar nicht so alt."

„Er ist auch ein Schüler von Hildrun. Er soll der Beste seiner Schüler gewesen sein. Altus sagte immer, Schuchar wäre besser als Hildrun."

„Blödsinn", murmelte Rowan. Ein junger Magier konnte nie so gut sein, wie ein alter, erfahrener Meister.

„Ich habe Angst vor Altus gehabt", murmelte er. Bisher hatte er es nur Bunduar anvertraut, zu groß war sein Misstrauen dem wortkarten Hildrun und Xanris gegenüber gewesen.

„Du?", staunte Xanris.

„Ja, er war mir unheimlich. Er mochte mich auch nicht. Wahrscheinlich ist er deshalb weggegangen."

Xanris schüttelte den Kopf. „Er wusste doch gar nicht, dass du kommst."

„Das war schon lange ausgemacht, allerdings sollte ich eigentlich erst ein oder zwei Jahre später zu Hildrun gehen. Aber Wilhar wollte, dass ich Ottgar und Mardok dort treffe."

„Und deine Mutter wollte, dass du noch länger daheim bleibst", vermutete Xanris.

Rowan grinste. „So ungefähr."

„Ich beneide dich. Wenn meine Mutter traurig gewesen wäre, weil ich weggehe ...", Xanris brach ab. Seine Stimme hatte brüchig geklungen.

„Hast du Geschwister?", fragte Rowan, um Xanris abzulenken. Er spürte, wie sehr es seinen Kameraden schmerzte, über seine Mutter zu sprechen.

„Ja, fünf. Drei Brüder, zwei Schwestern."

„Da ist deine Mutter sicher froh, nicht mehr für alle sorgen zu müssen. Das ist bei vielen Kindern doch so schwierig. Nicht alle können den Hof oder bei euch die Hütte übernehmen."

„Stimmt, die Mädchen sind schon Männern versprochen. Vielleicht sind sie inzwischen verheiratet."

„Zauberern?"

„Die eine ja, die andere soll einen Bauern heiraten. Sie ist auch nicht magiebegabt. Aber sie kann hart arbeiten und versteht viel vom Vieh."

„So wie du. Wie war euer Vater?"

„Der war Jäger. Wenn der König, der Vater von Baruan, in der Gegend war, richtete mein Vater die Jagden aus und begleitete den König. Er führte ihn zu den Tieren."

„Konnte er zaubern?"

„Nein – doch, aber nur ein bisschen. Mutter half immer, damit Bären und Hirsche und so auftauchten, wenn der König da war. Und wenn Fremde wilderten, sorgte sie dafür, dass sie die großen Tiere nicht erwischten."

Rowan lachte. Selbst das Lachen schmerzte in der Schulter.

„Siehst du, bei uns dreht sich alles um mich. Ich habe keine Geschwister, genauso wie Ottgar, deshalb sind wir wie Geschwister aufgewachsen. Allerdings war ich nicht ständig auf Burg Wanroe, aber doch häufig. König Wilhar bat Großvater, mich doch mitzubringen, wenn er auf der Burg zu tun hatte."

„Deshalb benimmst du dich wie ein Ritter!" Xanris nickte bekräftigend mit dem Kopf.

„Ist es so schlimm?" Rowan schnitt eine Grimasse. „Ich würde gern Ritter werden. Alle sagen, dass ich gut mit dem Schwert und mit Pferden umgehen kann. Aber Großvater sieht es nicht so gern. Er will, dass ich Magier werde und die Tradition fortsetze."

„Hast du keinen Onkel?"

„Nein, die beiden Brüder meiner Mutter sind im Krieg gegen das Sumpfland gefallen. Ihre Schwester starb an einer Seuche."

„Bist du der letzte Magier in deiner Familie?"

„In unserer Linie ja, es gibt noch eine andere Linie, aber die ist nicht so magiebegabt. Trotzdem kann ein Kind dort einmal ein großer Magier werden."

Xanris nickte. „Ja, bei einer Freundin meiner Mutter ist es auch so. Sie ist die Einzige, die hexen kann, obwohl sie aus einer alten Hexenfamilie stammt."

Sobald Rowan kein Fieber mehr hatte, besorgte ihm Xanris Bücher aus der Burg und Rowan las. Ab und zu übte er mit Xanris lesen und schreiben. Beide lernten Rezepte auswendig, die ihnen ihr Lehrmeister ans Herz legte. Manche Medikamente stellte Xanris her, von Rowan angeleitet und kritisch beobachtet, der vom Lager genau zuschaute, was sein Freund machte.

„Du musst länger rühren, sonst treten die Stoffe nicht aus." Oder: „Etwas mehr von dem Kraut und weniger Alkohol." „Das Fett muss vorsichtig erwärmt werden, damit du die Kräuter unterrühren kannst. Und beim Abkühlen musst du ununterbrochen rühren."

„Man, meine Mutter wirft nur etwas in den Topf, sagt einen Spruch und dann geht es von allein. Selbst der Rührlöffel dreht sich von allein."

Rowan lief ein Schauer über den Rücken. Schwarze Magie. Sie musste irgendwelchen Geistern befehlen, ihr zu dienen. Bunduar machte das alles allein, oder ließ sich von einem Schüler helfen.

14.

Ein paar Tage später war Xanris gerade bei den Pferden, als Rowan Hildrun ansprach. „Was sind Hexen eigentlich? Bei uns gibt es keine."

„Hexen und Zauberer gab es in den alten Reichen. Bei euch lebten sie an der Grenze zum Ostreich. Doch als die Seefahrer sich mit den Ureinwohnern des Magierreichs verbündeten und ein mächtiges Reich entstand, versuchten die Hexen, die neuen Herren zu verjagen, auch mit dunkler Magie. Es gab große Schlachten und auf allen Seiten verloren viele ihr Leben. Schließlich siegten die Magier. Sie waren mächtiger als die Hexen. Den Hexen und Zauberern wurde angeboten zu bleiben, wenn sie den dunklen Mächten abschworen. Da sie das nicht wollten, verließen sie das Magierreich. Aber auch in den Nachbarländern wichen sie an die äußersten Grenzen zurück, als die Reiche durch Heirat der Königsfamilien zu Verbündeten des Magierreichs wurden und den neuen Glauben übernahmen. Sie waren zu schwach, um sich offen gegen die neue Ordnung aufzulehnen und gingen einem Kampf aus dem Weg. Lediglich die Hexen und Zauberer, die den dunklen Mächten abschworen, blieben in Llyllia und im Ostreich. Aber es waren nur wenige. Die meisten flohen in den äußersten Norden oder das Südreich." Hildrun drehte die Kräuterbündel, die von der Decke herabhingen. Diejenigen, die bereits getrocknet waren, gab er in Tongefäße, einige auch in Stoffbeutel. Die anderen ließ er noch hängen. Einzelne Stängel wiederum entfernte er, weil sich Fäulnis gebildet hatte.

Rowan hatte aufmerksam zugehört. „Sind die Hexen und Zauberer, die geblieben sind, gefährlich?"

Hildrun schaute ihn nachdenklich an. „Bisher nicht. Aber wenn wir nicht genug gute Magier haben, dann könnten sie schon bedrohlich werden."

„Will mein Großvater deshalb, dass ich Magier und nicht Ritter werde?"

„Nein, er hat schon lange erkannt, dass du ein besonderer Magier wirst. Als Ritter könntest du mit viel Übung recht gut sein, aber du würdest niemals einer der Besten werden."

Rowan schluckte. Sah selbst Hildrun das so?

„Aber es ist sinnvoll, wenn du dich auch mit einer Waffe verteidigen kannst. Wer weiß, was noch alles passiert. Außerdem kannst du den König dann besser beraten, wenn du auch im Kampf erprobt bist", fuhr der Magier fort und verschloss einen Tonkrug.

„Und Ottgar hätte mehr Achtung vor mir", murmelte Rowan.

Hildrun nickte. „Wissen schadet nie, selbst wenn es um die Kriegskunst geht."

Rowan lachte.

„Würden die Hexen überlaufen, wenn aus der Inselwelt im Norden noch mehr dieser feindlichen Krieger hier hereinbrächen?"

„Ich weiß es nicht. Einige sicherlich, andere wiederum nicht. Ich entstamme auch aus einem Zauberergeschlecht. Aber meine Vorfahren haben der schwarzen Kunst schon lange abgeschworen, und wir stehen aufseiten der hellen Mächte."

Rowan überlegte, ob Hildrun ihm deshalb in der ersten Zeit so beängstigend vorgekommen war. Damals, als er ihn zum ersten Mal bei der Moorhütte sah. „Achtet der Moorgeist dich deshalb?"

„Er hat auch der dunklen Seite abgeschworen."

Obwohl das keine Antwort auf seine Frage war, beließ Rowan es dabei, stattdessen fragte er: „Und wie ist es mit Altus?"

„Du mochtest ihn nicht?" Hildrun hielt gerade Moormoos in der Hand, prüfte es und legte es dann in einen Stoffbeutel.

„Er war mir unheimlich." Noch immer überlief Rowan ein Schauer, wenn er an den anderen Lehrling dachte.

„Er war eifersüchtig. Er wollte der Vorzeigeschüler bleiben."

„Und warum ist er dann weggegangen?", fragte Rowan kopfschüttelnd.

„Weil er nicht neben dir leben wollte, du warst ihm nicht nur ebenbürtig, sondern schon bald besser als er. Bei Schuchar kann er noch viel lernen. Schuchar ist sehr gut in seiner Bestimmung."

Rowan nickte, also hatte er es richtig vermutet. „Und was ist mit Xanris' Mutter?"

„Sie ist nur eine kleine Hexe. Selbst wenn sie auf der falschen Seite stehen würde, könnte sie keinen großen Schaden anrichten. Aber sie ist dem König und uns Magiern treu ergeben, auch wenn sie es nicht zugibt. Und sie ist sehr stolz, dass Xanris bei mir lernt."

Rowan grinste. „Ich dachte, sie hielt nichts von seinen Fähigkeiten?"

„Er kann das Wetter nicht beeinflussen und die Tiere den Jägern zutreiben mochte er nicht. Dafür liebt er sie zu sehr. Sie wiederum hat sich darüber geärgert, weil er nicht die Arbeit seines Vaters übernahm. Sie wusste, wie gut er mit den Tieren sprechen kann und hatte gehofft, dass er diese Gabe nutzt, die Tiere im Sinne der Menschen zu beeinflussen. Weil Xanris das nicht wollte, hat sie ständig mit ihm geschimpft." Inzwischen hatte Hildrun seine Kräuter fertig sortiert und ging wieder hinaus, während Rowan die Augen schloss und recht bald einschlief.

Kurz vor dem nächsten Vollmond traf König Baruan mit seiner Hofgesellschaft ein. Die Ernte war eingebracht und nun brauchten die Adligen sich nicht mehr um ihre Ländereien kümmern, sondern hatten Muße für Jagdausflüge. Unter den Jagdteilnehmern befanden sich Ottgar und Mardok. Rowan freute sich, seine Freunde wiederzusehen, auch wenn er traurig war, dass er sich schonen musste und nicht mit ihnen Kämpfen üben konnte.

„Jetzt habe ich Zeit und darf mich nicht bewegen", klagte er. Dabei stand er schon wieder auf. Nur seinen Arm musste er noch schonen. Hildrun hatte ihn fest an den Körper gebunden, damit die Schulter ruhig gestellt war.

Trotzdem entwischte er ab und zu aus der Studierstube und sah seinen Freunden bei ihrer Kampfausbildung zu. Er schaute sich ein paar Tricks und Finten ab, auch wenn er sie nicht ausprobieren konnte. Dafür ging er in Gedanken die Bewegungen immer und immer wieder durch, bis er der Meinung war, sie auch tatsächlich zu beherrschen.

Abends saßen sie zusammen im Rittersaal und spielten Brett- oder Würfelspiele. Manchmal sangen sie auch und Ottgar spielte auf seiner Laute.

Inzwischen sprachen alle drei fast fehlerfrei Llyllianisch und Rowan bemühte sich, Xanris Magianisch beizubringen. Hildrun unterstützte ihn dabei. „Für einen Magier ist es wichtig, Magianisch zu können. Viele alte Texte sind in Magianisch geschrieben oder werden in magianischen Liedern überliefert."

Zuerst tat sich Xanris mit dem Lernen schwer. Doch als Rowan ihm Lieder beibrachte, die von Tieren handelten, erwachte sein Interesse und er machte endlich Fortschritte.

Oben im Gebirge war es schon im Frühherbst empfindlich kalt. Die Llyllianer waren an die Kälte gewöhnt, sie liefen abends noch mit dünnen Umhängen herum, während Rowan und seine Freunde sich mit dicken Decken schützten.

Eines Abends würfelten sie gerade, als Warun vorschlug, um Geld zu spielen.

„Ja, das ist viel spannender", meinte Tibur, während zwei weitere Knappen zustimmend nickten und ihre Beutel zückten.

Tibur stieß Ottgar mit dem Ellenbogen an. Der griff schon unter seinen Umhang.

„Welches Geld? Ich besitze keins. Glaubst du, dass dein Vater es gutheißen würden, wenn du um Münzen spielst?", gab Rowan zu bedenken. Sein Großvater hatte ihm für Notfälle einen Beutel mit Münzen übergeben, da er aber bei seinem Meister Kost und Logis freihatte, benötigte er kein Geld. Rowan war sich sicher, dass sein Großvater Spiel um Geld missbilligen würde. Welche Verschwendung für mühsam erarbeitetes Geld. Auch Mardok besaß nur einen Notgroschen.

Da Ottgar nicht auf Rowans Einwand reagierte, sondern seinen Beutel hervorzog, sah Mardok ihn böse an. „Komm, Rowan, wir gehören hier nicht hin. Hier haben nur reiche Prinzen und Herzöge Zugang", knurrte er.

Gemeinsam mit Rowan verließ er den Tisch und sie suchten die Ställe auf. Jetzt am Abend waren ihre Reittiere hereingeholt worden, obwohl einige Tiere ganzjährig auf der Weide standen.

„Sind die Verluste nicht zu hoch, wenn die Pferde im Winter auf den Weiden bleiben?", fragte Rowan einen Reitknecht.

„Unsere Pferde sind zäh. Wir haben so viele Tiere, die wir nicht alle im Stall unterbringen können. Außerdem hätten wir auch gar nicht genug Futter."

„Füttert ihr die Pferde im Winter denn nicht?"

„Wenn sehr viel Schnee liegt, dann ja, aber meistens kommen sie so aus. Die Pferde, die das überstehen, sind es wert, weitergezüchtet zu werden. Sie sind zäh und gesund."

Rowan nickte. „Was ist mit der Herde Schlacht-rösser?", fragte er besorgt. Scharus durfte auf keinen Fall im Winter draußen bleiben.

„Du hast Angst um deinen Wallach? Nein, die Herde kommt im Winter in den Stall. Die Tiere sind zu kostbar. Sie sind nicht so zäh wie unsere Bergtiere, aber erheblich größer und für die Ritter sind sie sehr wichtig."

Erleichtert atmete Rowan auf. „Das Pferd gehört mir nicht, Mardoks Großvater hat ihn mir nur geliehen."

„Eine kostbare Gabe."

Rowan nickte. „Er hat mir schon öfter gute Dienste geleistet. Er ist etwas ganz Besonderes."

„Na, bei dem Alter."

„Er ist immer noch schnell. Vielleicht weil ich nicht so schwer bin wie ein Ritter mit Rüstung."

Der Reitknecht lachte. „Stimmt."

Sie blieben noch eine Weile im Stall. Mardok küm-merte sich um seine Stute. Sie war schon fast so weit, als Streitross zu dienen. Dann schaute Rowan nach der Stute, die verwundet worden war. Sie hatte sich vom Steinschlag und ihren Verletzungen gut erholt. Nur eine große Narbe an Kopf und Hals zeugte noch von dem Unfall.

„Mit Scharus wäre es mir nicht passiert", flüsterte Rowan.

„Auf den schmalen und steilen Pfaden dieses Hoch-gebirges wärt ihr wahrscheinlich vorher abgestürzt. Die kleine Stute ist viel beweglicher und trittsicherer, schließ-lich ist sie das gewöhnt", erwiderte Mardok.

Rowan nickte. Da Mardok sich wieder etwas beruhigt hatte, meinte Rowan: „Lass uns in den Rittersaal zurückgehen. Draußen ist es mir viel zu kalt. Wir könnten etwas musizieren."

„Du kannst mir Flötespielen beibringen", schlug Mardok vor.

Also holte Rowan seine Flöte aus der Kammer, dann gingen sie in den Rittersaal, der sich im Palas befand, und setzten sich zu den Damen ans Feuer. Ein wandernder Sänger trug gerade Lieder vor. Er hatte keine besonders gute Stimme, aber seine Texte waren wunderschön. Sie allein klangen schon wie ein Lied.

„Habt Ihr die Balladen selbst gedichtet?", fragte Rowan, als der Sänger eine Pause machte.

Der Mann nickte grinsend. „Als Ritter bin ich nur durchschnittlich, aber meine Lieder werden gerühmt, also ziehe ich als Sänger und nicht als Ritter von Hof zu Hof."

„An welchen Höfen wart Ihr schon?", fragte Rowan gespannt, und der Mann erzählte von Cajan und dem Sumpfland.

„Dein Pferd soll ein Sumpfpferd sein", sagte er.

„Hat es sich also herumgesprochen", stellte Rowan fest.

„Selbst im Sumpfland sind diese Tiere selten. Und noch seltener wird eins davon an Fremde verschenkt."

„Es ist nicht mein Pferd, es gehört Peruan. Er hat es mir geliehen. Für ihn ist der Wallach zu alt und langsam."

„Die Priester im Sumpfland werden böse sein, wenn ein Fremder ihn reitet."

„Mein Großvater tut bestimmt nichts, was er nicht darf", verteidigte Mardok ihn lebhaft.

Rowan nickte. „Peruan und Bunduar verstehen sich mit den Leuten im Sumpfland gut, sie werden nichts Unerlaubtes tun."

„Du bist Bunduars Sohn?"

„Nein, sein Enkel", antwortete Rowan nicht ohne Stolz. Da der Sänger sich wohl auskannte, nutze er die Gelegenheit und fragte den Mann nach dem Sumpfland aus, bis die Damen den Troubadour aufforderten, endlich wieder zu singen. Er stimmte ein paar magianische Lieder an, die Rowan und Mardok mitsangen.

Später zückte Rowan seine Flöte und spielte einige Weisen, danach erklärte er Mardok das Flötespielen. Eine Tochter des Königs gesellte sich dazu und übte mit Mardok abwechselnd das Flöten. Rowan zeigte ihnen ein einfaches Lied, das sie nach einer Weile recht gut beherrschten.

„Der Sänger ist seltsam. Ich mag ihn nicht", meinte Mardok, als sie zu den Schlafkammern gingen.

„Er ist weder Ritter noch Magier, aber ich spüre kein Arg. Er ist ehrlich", erwiderte Rowan.

Bevor er einschlief, dachte er über Mardoks Abneigung gegenüber dem Barden nach. Es war sicher nicht allein die Tatsache, dass er als Sänger durch die Lande zog. Auch nicht die Kritik an Peruans Entscheidung, Scharus zu verleihen. Ihm wollte jedoch nicht einfallen, was die Ursache sein könnte.

In der Nacht wachte er auf. Seine Gedanken kreisten sofort erneut um den Sänger. Er war ehrlich, ein wenig schlicht, aber treu. Dennoch schien er etwas zu verheimlichen. Ob er die Höfe, die er besuchte, aushorchte und anderen, wie diesen unheimlichen fremden Rittern, eine Nachricht hinterbrachte? Rowan grübelt. Nein, der Mann tat es, wenn überhaupt, unabsichtlich. Er musste ihn fragen, wo er zuletzt gewesen war und wo er demnächst hingehen würde. Vielleicht konnte er dann klarer erkennen, was ihn an diesem Sänger störte und welche Verbindungen er hatte.

Dann dachte er an Ottgar und mit welcher Begeisterung er sich dem Würfeln um Geld hingab. Sie wurden erwachsen und ihre Wege gingen auseinander. Ottgar würde immer mehr die höfischen Sitten annehmen, und er selbst würde immer mehr mit den Magiern verkehren und nur noch wenig Zeit für das Leben bei Hof haben. Trotzdem spürte er, dass nicht nur Bunduar das Glücksspiel abgelehnt hätte, sondern auch König Wilhar.

Am nächsten Tag übten sich die Jungen im Umgang mit der Lanze. Erst stachen sie zu Fuß mit der Lanze auf einen Strohsack ein, später bestiegen sie die Pferde, ritten erst im Trab, dann im Galopp auf den Sack zu und versuchten, ihn an der markierten Stelle zu treffen.

Rowan klemmte sich eine Lanze unter den linken Arm und machte mit. Allerdings nicht so ausdauernd wie die anderen. Und seine Trefferquote war sehr gering. Darüber ärgerte er sich. Doch das sollte ihm eine Lehre sein, er würde demnächst mit beiden Armen üben, damit ihn eine Verletzung nicht wehrlos machte.

„Na, der kleine Magier ist leider kein tüchtiger Ritter", meinte ein Junge spöttisch.

„Pass auf, dass er dich nicht verhext", spottete ein anderer.

Rowan schnitt ein Gesicht, hob den gesunden Arm und murmelte ein paar Worte. Sofort rannten die beiden weg.

Ottgar und Mardok lachten schallend, als sie es sahen. „Sehr mutige Ritter", rief Mardok hinterher.

Als die beiden wieder auftauchten, weil der Ritter, der sie ausbildete, sie zurückgeschickt hatte, forderte Ottgar den einen zum Kampf heraus. „Lass uns kämpfen – aber beide mit der linken Hand."

„Das kann ich nicht", sagte der Junge und nahm die Lanze in die rechte Hand und den Schild in die linke.

„Und warum lachst du dann über Rowan? Der lag vor einer Woche noch krank im Bett und kann seinen Waffenarm noch immer nicht bewegen."

Der Junge lief rot an.

„Rowan ist wirklich ein guter Kämpfer, obwohl er nur selten Zeit zum Üben hat. Und ich kenne niemanden in unserem Alter, der mit dem Pferd so gut umgehen kann wie er."

Der andere Junge drehte sich zu Rowan um. „Das wussten wir nicht, tut mir leid, wenn wir dich geärgert haben."

Rowan grinste. „Ich hätte euch auch nicht in Wildschweine verwandelt."

„Sondern in kleine Mäuse", rief Mardok feixend.

Rowan kratze sich am Hinterkopf. „Ich sollte es wirklich einmal probieren. Obwohl – hm, Großvater wäre sehr böse, wenn ich es täte." Im Stillen nahm er sich vor, Mardok von Xanris' Begabung, mit Tieren umzugehen, zu erzählen.

15.

Ein paar Tage später kam ein fliegender Händler in die kleine Siedlung vor der Burg. Die Jungen liefen hinunter, um seinen Stand zu bewundern und die Waren zu begutachten. Der Mann hatte auch einen Gaukler dabei, der mit Bällen jonglierte und Feuer spie.

Staunend schauten die Jungen zu. Rowan sah ihm genau auf die Hände, wie er die Bälle warf und versuchte, es gedanklich nachzumachen.

„Probiere es", lud der Gaukler ihn ein und reichte Rowan die Bälle. Der nahm sie und warf sie hoch, doch er war mit dem verletzten Arm zu langsam.

„Höher und schneller greifen", riet ihm der Gaukelspieler.

Rowan versuchte es noch mehrmals, doch er bekam es mit seinem lädierten Schultergelenk nicht hin. Die anderen Jungen wollten es nun auch probieren, und geduldig erklärte der Jongleur es ihnen immer wieder. Warun gelang es am besten.

Als eine Hofdame sich Tuche beim Händler anschaute, scharrten die Jungen sich um die Auslage und bewunderten die Waren. Anschließend wollte ein Ritter die Messer, die der Händler feilbot, sehen. Nach längerem

Feilschen, kaufte er einen reich verzierten Dolch. Angespornt durch sein Vorbild nahm Ottgar ein Jagdmesser in die Hand und begutachtete es. Der Händler pries es als „allerbeste Schmiedearbeit aus dem Südreich" an.

„So eine Anschaffung lohnt sich. Mein Onkel hat ein ähnliches Messer von meinem Urgroßvater geerbt und es leistet ihm noch immer hervorragende Dienste", meinte Tibur.

Ottgar nickte, griff in seinen Beutel und zählte sein Geld, nur um ihn seufzend wieder wegzustecken: Sein Geld reichte für das Messer nicht.

Während der Händler weiter seine Messer und anderen Waren anpries, raunte der Gaukler Rowan zu: „Du solltest das Land verlassen. Es sind Fremde eingedrungen, die dich ermorden wollen."

„Wer bist du?", stieß Rowan überrascht hervor. Doch bevor der Mann antworten konnte, traten Bauern zu ihnen. Er nickte Rowan bloß mit einem ernsten Gesichtsausdruck zu, nahm seine Bälle, führte weiter seine Künste vor. Rowan sah ihm verstört dabei zu.

„Warum bist du so nachdenklich?", fragte Ottgar auf dem Rückweg.

„Hältst du den Mund, wenn ich dir etwas verrate?" Rowan schaute seinen Freund prüfend an.

„Natürlich!" Ottgar schien beleidigt.

„Schwörst du es bei der Göttin Jaguar?", forderte Rowan.

Ottgar blieb abrupt stehen: „Seit wann traust du mir nicht mehr?"

„Du hast dich verändert. Du vertraust den andern Knappen mehr als mir."

„Stimmt gar nicht, du bildest dir das ein. Du bist nur eifersüchtig, weil du nicht am Hof leben darfst", fuhr ihn Ottgar an.

Rowan überlegte, bevor er langsam antwortet: „Nein, so ist es nicht. Ich bin traurig, weil ich nicht mehr so oft mit euch zusammmen sein kann. Aber ich mag Xanris und ich lerne sehr viel bei Hildrun, auch wenn er streng ist."

„Wir haben uns über dich gewundert, als du neulich um Geld gespielt hast", kam Mardok Rowan zu Hilfe.

„Ich habe viel verloren, dabei kann ich recht gut spielen", gestand Ottgar.

Rowan und Mardok sahen sich an, sagten aber nichts.

„Wenn du geblieben wärst, hätte ich sicher nicht verloren, dann hätten sie sich nicht getraut, falschzuspielen", warf Ottgar, der ihren Blickaustausch gesehen hatte, Rowan vor.

„Wer weiß, vielleicht spielen sie auch wirklich besser als du. Aber so ist es sicher sinnvoller, als wenn du gewonnen hättest", meinte Rowan und Mardok nickte zustimmend.

„Dann würdest du doch gleich wieder spielen. Jetzt fehlt dir zum Glück das Geld", erklärte Mardok unbarmherzig. „Du konntest dir nicht einmal ein Messer kaufen."

Ottgar seufzte. „Vater meinte, ich müsse meine eigenen Erfahrungen sammeln."

„An solche hat er sicher nicht gedacht", meinte Mardok. Er blieb stehen und schaute ins Dorf hinunter. Der

Händler packte gerade seine Sachen zusammen und die Menschen zerstreuten sich wieder.

„Die waren aber wirklich nur kurz hier", stellte Ottgar fest.

„Vielleicht wollten sie eigentlich etwas ganz anderes. Für die paar Menschen, die hier leben und ihm etwas abkaufen könnten, hat sich der weite Weg gar nicht gelohnt", stellte Rowan fest.

Ottgar schaute Rowan fragend an. „Ich schwöre bei Jaguar, dass ich mit niemanden darüber rede."

Mardok nickte zustimmend und wiederholte dann dieselben Worte.

„Der Gaukler hat mich gewarnt. Er meinte, ich solle fortgehen, weil Unbekannte mich beseitigen wollen."

„Er hat recht. Aber wer will dich umbringen?", fragte Ottgar.

Rowan zuckte mit den Achseln, gleich darauf verzog er sein Gesicht. Er hatte wieder nicht daran gedacht, dass seine Schulter noch schmerzte.

„Vielleicht will man nur Bunduar oder den König treffen. Wenn sie trauern oder voller Schuldgefühle sind, sind sie verletzlicher." Mardok erschien Rowan inzwischen viel reifer als Ottgar.

„Dann solltest du unbedingt zurück nach Hause", drängte Ottgar. Niemand hatte ihm von den Zwischenfällen mit seiner Mutter auf Wanroe berichtet.

„Bunduar und König Wilhar wollten mich aber von daheim weghaben. Vielleicht aus dem gleichen Grund."

„Meinst du? Wie kommst du darauf?", fragte Ottgar überrascht.

Rowan biss sich auf die Lippen. Er wollte Ottgar nichts von seiner Mutter und der Gefahr, in der er daheim schwebte, erzählen. „Hm, ich glaube, Wilhar wünscht sich einfach, dass ich mit euch zusammen bin. Wir sind wie Brüder aufgewachsen. Er sorgt sich wahrscheinlich, dass wir uns fremd werden." Rowan hatte inzwischen erkannt, wie sinnlos es war zu hoffen, dass alles beim Alten blieb. Egal, ob sie in ein und demselben Land, gar an einem Hof lebten, ihr Alltag unterschied sich so sehr, dass die einst enge Beziehung zerrissen war. Das lag einfach in der Natur der Sache.

Mardok nickte. „Aber Bunduar hatte es anders gesehen. Wenn er dich trotzdem wegschickte, obwohl er eigentlich noch ein oder zwei Jahre warten wollte ..."

„Erst einmal bleibe ich hier. Wenn es gefährlich wird, werden Bunduar oder meine Mutter mich warnen. Nein, momentan droht noch keine Gefahr, das fühle ich. Aber wir müssen die Augen offen halten."

„Zieh lieber zu uns in die Burg", drängte Ottgar. „Wer weiß, was Hildrun plant."

Rowan schüttelte den Kopf. „Nein, Hildrun kann ich vertrauen, Xanris auch und auch Baruan. Aber ob alle Ritter vertrauenswürdig sind ...?"

„Und alle Knappen?", überlegte Mardok laut.

Als sie die Burg erreichten, brachen sie das Gespräch ab. Doch am Abend setzte sich Rowan wieder zu den Hofdamen und lauschte dem Sänger. In den Pausen fragte er ihn nach dem Sumpfland und Cajan aus.

„Du willst aber viel wissen", gab der Sänger verdrossen zur Antwort.

„Irgendwann werde ich weiterwandern", erklärte Rowan.

„Wann denn?"

„Wenn Hildrun meint, ich hätte bei ihm genug gelernt und solle weiterziehen. Ich weiß auch nicht, wohin die Großmagier mich dann schicken. Da Ihr an diesen Orten schon wart, ist es doch klug, sich danach zu erkundigen."

Der Sänger nickte und griff nach seiner Sitar. Dabei rutschte sein Ärmel hoch und Rowan konnte einen tätowierten Drachen auf seinem Arm erkennen. Schnell sah er weg und tat so, als hätte er es nicht gesehen.

Am nächsten Tag schaute er nicht bei den Übungen der anderen Jungen zu, sondern stöberte in der Bibliothek des Königs herum. Viele Bücher gab es hier nicht, die meisten befanden sich im Kloster und in der Hauptburg. Aber er entdeckte ein Buch über die Geschichte des Landes Llyllia und las sich fest.

„Na, ganz vertieft?", fragte eine tiefe Stimme.

Rowan schreckte hoch und grüßte. „Entschuldigt, dass ich Euer Erscheinen nicht mitbekam. Ich kann immer noch nicht mehrere Sachen gleichzeitig machen."

„Die meisten freuen sich, wenn sie sich in eine Sache vertiefen können." Baruan lachte leise.

„Aber für einen Magier ist es gefährlich. Er muss alles im Auge behalten, seine Wahrnehmung schärfen, und das kann ich noch nicht. Mein Großvater kann es sehr gut", erklärte Rowan missmutig. Er ärgerte sich über sich selbst.

„Bunduar ist auch schon alt und sehr erfahren, außerdem ist er viel herumgereist und hat bei vielen großen Magiern gelernt."

Rowan nickte. „Er war auch hier an Eurem Hof."

„Mehrmals sogar." Der König warf einen Blick in das Buch. „Du interessiert dich für mein Fürstenhaus. Ich fühle mich geehrt."

„Es ist unheimlich spannend. Wisst Ihr, wer solche Armtätowierungen trägt?" Rowan wies auf eine Miniatur. Dort war ein Mann mit einem goldenen Haarreif und kurzärmligen Umhang abgebildet, der diese Art Tätowierung aufwies.

„Die alten Adelsgeschlechter von Llyllia ließen sich ihre Wappen auf den Arm tätowieren."

„Ihr tragt aber keins mehr?"

Der König schüttelte den Kopf. „Nein, seit mehreren hundert Jahren tätowieren sich llyllianische Adlige nicht mehr."

„Und gibt es andere Länder, in denen es noch üblich ist?", bohrte Rowan nach.

„Nicht dass ich wüsste." Der König schüttelte nachdrücklich den Kopf.

„Habt Ihr vielleicht ein Verzeichnis der Familienwappen?", fragte Rowan weiter.

„Wenn wir auf Burg Lallia sind, kannst du mich noch einmal fragen, dann kann dir mein Verwalter das Geschlechterbuch zeigen."

„Ich werde daran denken." Rowan krauste die Stirn. „Sicher sind es so viele, dass ich mir nicht alle merken kann."

Der König lachte. „Du solltest dir lieber die Herstellung von Heilmitteln und Heilsprüchen merken."

„Das beherrsche ich auch besser." Rowan klappte das Buch vorsichtig zu und folgte dem König in den Rittersaal. Pagen und Knechte waren gerade dabei die Tafel mit den Speisen hereinzutragen.

In den nächsten Tagen gab Hildrun seinen Schülern frei, da er einen Einsiedler besuchen wollte. Xanris bot, gleich nachdem Hildrun durch das Burgtor gewandert war, dem Schmied seine Hilfe an. Rowan hingegen nutzte die Zeit, um sich weitere Fertigkeiten als Ritter anzueignen. Da seine Schulter kaum noch schmerzte, übte er sogar mit den Bogenschützen.

„Du hast ein gutes Auge", lobte ihn der Hauptmann der Schützen. Rowan lief rot an, freute sich aber über das Lob.

Später schoss er vom galoppierenden Pferd. Dabei hielt er sich genau an die Anweisungen des Hauptmanns und versuchte, während der Schwebephase des Galopps zu schießen. Mit Scharus wäre ihm das leichter gefallen, da der einen ausgreifenderen Galopp als die kleine Stute hatte und viel ruhiger lief. Trotzdem kam sein Pfeil dem Ziel schon recht nahe.

Schließlich war er so weit erholt, dass er auch beim Schwertkampf mitmachen konnte. Die älteren Knappen hatten mehr Kraft im Schwertarm und aufgrund ihrer Körpergröße eine bessere Reichweite, dafür glich Rowan diese Vorteile mit seiner Wendigkeit und der Fähigkeit aus, die Angriffe seiner Gegner vorauszuahnen.

„Du bist wirklich gut", meinte Warun. „Wenn du gegen Ultus antrittst, wette ich auf dich.

Rowan lachte und schüttelte den Kopf. Ultus war doch einer der Würfelspieler gewesen, gegen die Ottgar verloren hatte. Gegen den würde er bestimmt nicht kämpfen. Aber er wollte sowieso bei dem Wettstreit nicht mitmachen.

Ein paar Tage später fand das kleine Turnier für die Knappen statt. Ottgar und Mardok wollten beim Tjost mitmachen, bei dem die Kämpfer versuchten, sich gegenseitig mit der Lanze vom Pferd zu stoßen. Da es nur ein Schaukampf war, waren die Waffen stumpf, damit sie nicht verletzten. Trotzdem war es nicht ungefährlich, denn ein Sturz vom galoppierenden Pferd in voller Rüstung barg große Gefahren.

Rowan half Ottgar und Mardok beim Anlegen ihrer Rüstungen. Er selbst nahm nicht teil, da er für eine solche Belastung noch immer zu wenig Kraft in seinem Arm besaß.

Ottgar kämpfte gegen Ultus. Er ritt in die Bahn ein, zügelte sein Pferd neben Ultus und öffnete vor dem König das Visier zum Ehrengruß. Währenddessen schlüpfte Rowan auf die Tribüne und suchte sich einen Platz, von dem aus er gut sehen konnte. Ein ungutes Gefühl beschlich ihn plötzlich. Es wuchs in ihm und wurde immer drängender. Ottgar war in Gefahr. In großer Gefahr. Panisch suchte er mit seinen Augen die Tribüne ab. Gab es hier Feinde? Er konnte keine entdecken. Dann schaute er sich an den Rändern des

Kampfplatzes um. Auch dort fand er nichts, was ihn beunruhigte. Erst als er seinen Blick auf die beiden Kämpfer warf, entdeckte er, dass Ultus eine Lanze mit einer ehernen Spitze in der Hand hielt. Kurz zuvor noch hatte er eine Übungswaffe getragen.

Rowan sprang mit einem Schrei auf und rief so laut er konnte: „Stoppt den Kampf. Ultus trägt eine scharfe Waffe!" In der allgemeinen Unruhe ging sein Ruf unter, deshalb drängte er sich mit Gewalt unter Einsatz seiner Ellbogen durch die Menge, bis er Baruans Gefolge erreichte. „König Baruan, stoppt den Kampf, Ultus Lanze hat eine eiserne Spitze!", stieß er atemlos hervor. Aber er stand noch zu weit vom König entfernt und die einsetzenden Fanfaren und das Anfeuern der Zuschauer übertönten ihn.

Durch den Tumult, den er auf der Tribüne ausgelöst hatte, wurde Mardok auf ihn aufmerksam. Der begriff sofort, was Rowan verlangte. Aber es war schon zu spät. Ottgar und Ultus ritten bereits mit ihren unter den Arm geklemmten Lanzen aufeinander zu.

Mardok griff sich seine eigene stumpfe Lanze, holte aus und warf sie wie einen Speer in Ultus' Richtung. Leider flog sie nicht weit genug, sondern blieb mehrere Schritte vor dem Knappen im Sand stecken.

Plötzlich erschallte der durchdringende Ruf eines Berglöwen. Beide Pferde erschraken und machten einen Satz vorwärts, woraufhin Ultus' scharfe Lanze Ottgar verfehlte. Am Ende der Bahn angekommen, wendete Ultus, um Ottgar erneut anzugreifen. Doch jetzt verstellten Baruans Ritter, die endlich mitbekamen, was vor ihren Augen passierte, auf ihren Pferden dem hinterhältigen Angreifer den Weg. Bevor sie Ultus jedoch die Waffen abnehmen und ihn festnehmen konnten, gab dieser seinem Pferd die Sporen, ritt einen Pferdejungen, der im Weg stand, nieder und flüchtete aus der Bahn.

Ottgar saß währenddessen auf seinem Pferd und beobachtete alles völlig regungslos. Rowan und Mardok stürzten auf ihn zu.

„Der wollte dich ermorden", schrie Mardok aufgebracht. „Wenn der Berglöwe nicht geschrien hätte, wärst du tot. Meine Lanze hatte ihn leider verfehlt."

Ottgar öffnete mit zitternder Hand sein Visier und fragte stammelnd. „Woher … woher wusstet ihr, dass er … er mich ermorden wollte?"

„Ich habe im letzten Augenblick erkannt, dass die Spitze seiner Lanze nicht stumpf war. Er muss sie kurz vor Turnierbeginn unbemerkt mit seiner Übungslanze vertauscht haben", erklärte Rowan und wischte sich mit einer unsicheren Handbewegung eine Haarsträhne aus dem Gesicht.

„Nicht nur im Spiel ein Betrüger, sondern auch ein Meuchelmörder", meinte Mardok.

Inzwischen hatte Baruan sie erreicht. „Bist du verletzt?", fragte er besorgt.

Ottgar schüttelte den Kopf, noch immer leichenblass.

„Wie gut, dass Rowan den Berglöwen so täuschend echt nachahmen kann." Der König klopfte Rowan anerkennend auf die Schulter. Dieser grinste verlegen.

Die Kämpfe wurden nach einer kurzen Pause fortgesetzt. Vorsichtshalber ließ Baruan die Waffen der Kämp-

fer von ein paar zuverlässigen Rittern vor jedem Wettstreit noch einmal überprüfen.

Warun ging, wie erwartet, als Sieger im Schwertkampf
hervor, während Tibur im Lanzenkampf Bester war.

Ultus blieb verschwunden, obgleich die gesamte Burg
und die Umgebung nach ihm abgesucht wurde. Noch
lange wurde darüber gerätselt, warum Ultus Ottgar vor
aller Augen hatte töten wollen.

16.

Ein paar Tage später wurde es trotz des Herbstes etwas
wärmer und die Hofgesellschaft brach früh morgens zur
Burg Lallia auf. Nach einem anstrengenden Tagesritt
erreichten sie mitten in der Nacht den kleinen Weiler
zwischen den beiden Burgen. Da Hildrun einen frühen
Wintereinbruch mit heftigem Schneefall vorhersagte,
entschied Baruan, dort nicht, wie sonst üblich, zu übernachteten, sondern weiterzureiten, unterbrochen von
kurzen Pausen, die die Tiere zur Erholung brauchten.
Der Morgen dämmerte bereits, als sie die Königsburg
Lallia erreichten, auf der dank des Schutzes der hohen
Berge rundherum und der offenen Südseite meist mil-
dere Winter herrschten.

Tatsächlich schneite es, als Rowan gegen Mittag aufwachte. Noch bevor er frühstückte, lief er zu den Ställen
und schaute nach Scharus. Der Wallach war gut untergebracht. Der Stall war dank der vielen Tiere und der

ritzenlosen Bauweise so warm, dass er sich keine Sorgen machen musste.

Auch der Stute ging es gut. Sie hatte den anstrengenden Ritt ausgezeichnet überstanden, begrüßte ihn mit einem erfreuten Wiehern und wartete auf einen Apfel, den er ihr, genauso wie Scharus, mitgebracht hatte.

Am frühen Nachmittag suchte Rowan die Bibliothek auf und schaute sich das Geschlechterbuch der Ahnen König Baruans an. Stundenlang blätterte er darin herum, immer auf der Suche nach dem Drachen. Endlich, sein Licht drohte schon auszugehen, weil das Öl verbraucht war, entdeckte er das Wappen.

Chronis war der Stammvater dieser Familie, er hatte die Kunst beherrscht, Drachen zu zähmen und zu nutzen. Als die Magier mächtiger wurden und Baruans Ahne König wurde, schworen sie dem neuen Herrscher zwar Treue, zogen sich aber in den Norden zurück und hielten sich vom Hof fern. Angeblich verloren sie ihre Macht, da die Drachen ausstarben, doch Rowan zweifelte daran. Schließlich hatte er selbst Drachen gesehen.

Neben dem Familienwappen stand ein altes Gedicht. Rowan las es mehrmals. Das alte Llyllianisch verstand er kaum. Trotzdem erschien ihm der Text vertraut und ihm kam sofort eine Melodie in den Sinn, die er immer wieder leise summte. Erst als die Flamme völlig erlosch, schloss er das Buch und verließ den Raum.

Am Abend, als die drei Magier in Hildruns Kammer vor dem Kaminfeuer saßen und einen Heiltrank brauten, fragte Rowan seinen Meister.

„Was ist mit Chronis' Familie? Gibt es sie noch? Und züchten sie noch immer Drachen?"

Hildrun sah ihn eine Weile nachdenklich an, bevor er antwortete: „Die Familie lebt im Norden. Das Land ist karg, die Bewohner ziehen als Nomaden mit den Schneehirschen durch die Tundra. Ritter sind sie schon lange nicht mehr und Drachen gibt es in der Tundra auch nicht, hat es noch nie gegeben."

„Leben wirklich alle als Nomaden?", bohrte Rowan weiter.

„Warum fragst du?", wollte Hildrun wissen.

„Weil der Sänger auf Randil einen Drachen auf seinen Arm tätowiert hat, das ist Chronis' Familienwappen."

Hildrun nickte, schwieg aber.

Rowan hatte viel erfahren, über das er nachdenken musste. Warum wurde ein Nachfahre Chronis' Ritter und Sänger, wenn die Familie angeblich als Nomaden hinter den Schneehirschen herzog? Waren sie vielleicht gar nicht so arm, wie alle vermuteten? Züchteten sie möglicherweise noch immer Drachen? Wer kam schon in den hohen Norden und konnte ehrliche Auskunft geben? Trotz der Entdeckung, dass in seiner Nähe ein Nachkomme von Chronis geweilt hatte, fühlte Rowan sich in der Burg sicher. Wie sollten Feinde durch den tiefen Schnee hierhergelangen?

Erst im späten Frühling, als der Schnee schmolz, erreichten zwei Boten den Hof. Rowan saß gerade mit seinen Freunden an der Tafel und aß. Nach dem langen Winter gab es fast täglich Getreidebrei, der manchmal mit Wildbret angereichert wurde. Nur Gemüse und Obst fehlte schon seit Langem. Hildrun versuchte, mit Wildkräutern für eine gesündere und schmackhaftere Ernährung zu sorgen und Mangelerscheinungen vorzubeugen.

Baruan und seine Berater zogen sich sofort mit den Boten in die Bibliothek zurück und hörte sie an. Als sie wieder herauskamen, fielen Rowan die ernsten Gesichter auf. Er spürte eine Spannung, die in der Luft lag. Die Boten hatten keine gute Nachricht gebracht, dennoch wurden sie gastfreundlich bewirtet.

„Bleibt an unserem Hof, so lange ihr wollt", bot Baruan an.

Bald darauf hieß es, dass die Gesellschaft wieder auf die höher gelegene Burg Randil ziehen würde. „Dort gibt es mehr Gelegenheit zum Jagen", erklärte Baruan.

Rowan fühlte sich unwohl. Im Frühling mussten doch die Felder bestellt werden, alle hatten viel zu tun, da gab keine Zeit zum Jagen. Baruan benutzte es nur als Vorwand, um sich in die Berge zurückzuziehen. Die Lage spitzte sich zu – Rowan wusste nur noch nicht, woher die Gefahr kam und ob sie ihm allein oder auch seinen Freunden drohte.

Hildrun hielt sich mit einer Antwort zurück, als Rowan ihn fragte. „Ist in den Bergen die Jagd wirklich besser als hier? Und warum kümmert Baruan sich nicht um seine Ländereien?"

Rowan wunderte sich, dass Baruan Hildrun bei einer so wichtigen Frage nicht zurate zog. König Wilhar hätte selbstverständlich seinen Obermagier gefragt. Zum ersten Mal überlegte Rowan, ob die hervorragende Stel-

lung, die Bunduar besaß, wirklich an der Herrschafts-
form im Magierreich lag oder an der verwandtschaft-
lichen Beziehung zwischen Königshaus und Magier.
Oder gar an Bunduars sicherem und reifem Auftreten.

Die Königin sorgte für eine reibungslose Vorbereitung
der Abreise. Sie wies Knechte an, genügend Vorräte nach
Randil zu transportieren. Und schon wenige Tage später
brachen sie in die Berge auf.

Doch die Reise erwies sich als sehr mühselig, denn bald
nach ihrem Aufbruch begann dichtes Schneetreiben.
Rowan wunderte sich, dass der König nicht umkehren
ließ. Er brachte seine Leute in höchste Gefahr. Rowan
wurde mit jeder Stunde, die sie sich weiter durch den
Schnee kämpften, unruhiger. So eine anstrengende und
gefährliche Reise unternahm man nur in höchster Not.
Leider hatte er nicht die Zeit, die Naturgeister zu
befragen. Er hatte genug damit zu tun, sich in Hildruns
Spuren auf dem Pfad zu halten. Seine kleine ausdauernde
Stute war völlig erschöpft, als sie abends endlich einen
Heuschober erreichten, in dem sie geschützt übernach-
ten konnten. Dicht gedrängt schliefen die Menschen im
Heu und wärmten sich gegenseitig. Die Tiere mussten im
Freien bleiben, erhielten aber aus dem Schober Futter.
Rowan träumte gerade von dem Feenteich und den
Höhlen dahinter, als jemand an seiner Schulter rüttelte.

„Junge, wach auf, wir müssen weiter", knurrte Hildrun.

Erschrocken sprang Rowan auf. Hatte er vor Erschöpfung so tief geschlafen, dass er nicht einmal durch den

Sonnenaufgang wach wurde? Doch als er hinausging, stellte er fest, dass es noch mitten in der Nacht war. Der Sturm hatte zugenommen. Trotzdem sattelten die Männer ihre Pferde und die der Damen und alle saßen auf. Rowan beeilte sich, die Stute fertig zu machen. Was ihm nicht leichtfiel, da seine kalten Hände die Schnallen des Sattels kaum zuziehen konnten. Endlich hatte er es geschafft. Xanris hatte in der gleichen Zeit sogar noch Hildruns Packtier gezäumt und beladen. Rowan machte sich Sorgen um Scharus, den er auf Lallia zurückgelassen hatte. Hoffentlich versorgten die auf der Burg gebliebenen Knechte ihn gut.

„Wickel dich in deine Decke, dein Umhang wird nicht ausreichen", wies Hildrun ihn an.

„Warum reiten wir mitten im Sturm weiter? Hier wären wir doch geschützt und sicher?", fragte Rowan.

„Bestimmt gibt es einen Grund dafür."

Rowan konnte spüren, dass Hildrun den Grund kannte, ihn aber nicht nennen wollte. Waren etwa die feindlichen Krieger in Llyllia eingedrungen? Die Stute spürte sein Unbehagen und tänzelte nervös herum. Rowan riss sich zusammen. Auf dem steilen Weg und bei den schlechten Wetterverhältnissen durfte er die Nerven nicht verlieren. Die Sicht war miserabel und der Weg gefährlich glatt. Er atmete mehrmals tief durch, dann versenkte er sich in sein Inneres. Schließlich schaffte er es, alles Störende auszublenden und nur noch den Weg gestochen scharf wahrzunehmen, Unebenheiten und Eisflächen schon im Voraus zu ahnen, um sie entsprechend zu umgehen. Die Stute dankte es ihm und folgte aufmerksam seiner Hilfestellung. Manchmal machte sie ihn auch erst mit ihrem Verhalten auf Gefahren aufmerksam.

Sie kamen nur langsam voran, und Rowan zweifelte an der Weisheit des königlichen Entschlusses. Hätten sie den Sturm abgewartet, hätten sie die Zeit schnell einholen können. Zweimal rasteten sie kurz im Windschatten von Felsen, und schließlich erreichten sie wohlbehalten den kleinen Weiler nach Einbruch der Dunkelheit. Sie übernachteten wieder in einer Scheune. Die Pferde wurden im Windschatten eines Waldes von einigen Männern gehütet. Rowan war dankbar, sich nach einem Abendessen, das aus einem Stück Brot und etwas kaltem Wasser bestand, neben Xanris ins Heu eingraben zu dürfen.

Die beiden Jungen waren so erschöpft, dass sie nicht mitbekamen, wie Hildrun Erfrierungen und andere Verletzungen behandelte, sie schliefen sofort ein. Erst am Morgen, als sie erwachten, wunderten sie sich, wie viele sich mühsam auf ihre Pferde quälten. Auch die Tiere befanden sich in keiner guten Verfassung.

Hildrun wies die beiden Jungen an, sich um die schwächeren Reiter und ihre Tiere zu kümmern. Kurz entschlossen drückte Rowan Mardok, den er während des Aufbruchs kurz sah, die Zügel des Packtieres in die Hand. „Nimm du ihn, wir müssen uns um die Verletzten kümmern."

Rowan ritt neben zwei Hofdamen, die so schwach waren, dass sie sich kaum noch im Sattel halten konnten. Leider besaßen sie keine Sänften, mit denen sie die Frauen befördern konnten. Also nahm er ihnen die

Zügel aus der Hand und summte Lieder, um die erschöpften Pferde anzutreiben und den Frauen Mut zu machen. Tatsächlich hatte sich die ältere Dame nach einer Stunde erholt und nahm ihm die Zügel aus der Hand. „Danke, Junge, es geht wieder. Kümmere dich lieber um den Jungen da hinten." Sie wies mit der Hand zu einem Pagen, der im Sattel taumelte. Rowan beeilte sich, ihm zu Hilfe zu eilen. Der Junge war völlig unterkühlt und hatte Erfrierungen im Gesicht und an den Händen. Rowan kramte in seiner Satteltasche, bis er eine Salbe fand, mit der er die Stellen einrieb, dann setzte er sich hinter den Jungen auf das Pferd, zog ihm den Umhang aus und schlang seinen eigenen Überwurf und den des Knaben um sie beide. Dadurch saßen sie unter den dicken Wollumhängen dicht beieinander und Rowan wärmte ihn mit seinem Körper.

Anschließend summte er wieder Lieder, diesmal Heil-Lieder, bis der erschöpfte Junge sich entspannte. Auch die zweite Hofdame richtete sich schließlich im Sattel auf und schien wieder bei Kräften zu sein.

Xanris sprach den erschöpften Pferden gut zu, ermunterte sie, weiterzulaufen. Nebenbei half er ihren Reitern aus ihrer Erschöpfung, ohne es selbst zu merken. Rowan lächelte. Xanris besaß erheblich mehr Fähigkeiten, als ihm selbst bewusst war. Wenn sein Freund wieder einmal Selbstzweifel äußerte, würde er ihn daran erinnern.

Mittags mussten sie einen eiskalten Bach durchqueren. Die Strömung war jetzt viel reißender als beim letzten Mal. Doch mithilfe der drei Magier, die die Pferde und Reiter beruhigten, kamen alle heil hinüber.

Baruan wollte anschließend rasten, doch Hildrun empfahl ihm weiterzureiten. „Die Tiere und Reiter sind nass geworden. Ohne trockenes Holz können wir kein Feuer entfachen, um uns zu wärmen. Also müssen wir in Bewegung bleiben."

Endlich entdeckte Rowan in der Ferne die Burg. Aber bevor sie sie erreichten, mussten sie noch einmal übernachten. Zum Glück fanden sie eine große Höhle, in der sie Schutz vor Wind und Schnee suchten. Eng aneinandergeschmiegt, legten sich die Reisenden hin. Rowan und Xanris halfen Hildrun, Erfrierungen und Unterkühlungen bei den Menschen und verletzte Fesseln bei den Pferden zu behandeln. Alle schliefen längst, ehe sie sich ebenfalls neben die anderen legten.

Am nächsten Morgen standen sie demzufolge erst als Letzte auf. Freundlicherweise hatten Mardok und Ottgar die Tiere der drei Magier schon gesattelt, selbst das Maultier hatten sie bepackt. Dankbar nahm Rowan Ottgar die Zügel aus der Hand.

„Wir helfen euch, bei den Schwachen", versprach Mardok. Er fand auch sogleich einen Knappen, der sich bei einem Sturz verletzt hatte und die Zügel nicht mehr allein halten konnte. Er nahm dessen Pferd und führte es neben sich her. Rowan vertraute den kleinen Pagen mit den Erfrierungen der älteren Hofdame an, die ihn auf ihr Pferd nahm und in ihren Umhang hüllte.

Dann blickte er sich suchend um. Diesmal war es ein älterer Ritter, der taumelnd auf dem Pferd saß. Er atmete hastig und hatte ein rotes Gesicht. Rowan holte einen Heiltrank aus seiner Satteltasche und flößte ihm einen

Löffel voll ein. Dann sang er ein Heil-Lied und wies den Mann an mitzusummen. Dadurch ließ sich der Ritter auf den Rhythmus des Liedes ein, und nach einer Weile atmete er langsamer und tiefer. Erst als seine Gesichtsfarbe sich wieder normalisiert hatte, ritt Rowan zu dem nächsten Patienten. Diesmal war es ein Pferd, dass auf der Hinterhand einknickte. Er tastete das Bein ab und renkte es mit einem schnellen Griff ein. Eigentlich hätte es hinterher Ruhe benötigt, aber sie mussten weiter, und er hoffte, dass das Tier dadurch nicht zu Schaden käme.

Hildrun sah er immer wieder zügig an den Reihen der Reiter entlangreiten. Er schien überall zu sein, entdeckte jeden Verletzten und Erschöpften, half, tröstete, wies die Starken an, sich um die Schwachen zu kümmern. Zudem holte Baruan inzwischen öfter seinen Rat ein. Rowan beobachtete, wie Hildrun dem König etwas mit weit ausholenden Gesten erläuterte, woraufhin sie vom gewohnten Pfad abwichen, querfeldein über eine abschüssige Bergwiese ritten, bis sie einen Waldpfad erreichten, dem sie folgten. Rowan spürte eine Erleichterung. Er konnte wieder freier atmen und auch die Gesichter der anderen entspannten sich. Sie waren wohl knapp einer Gefahr entronnen. Einer Gefahr, die er unbewusst wahrgenommen hatte, die wie eine dunkle Wolke über den Reisenden schwebte, wenngleich sie noch nicht sichtbar war. Gut, dass Baruan nun seinem Magiermeister um Rat fragte und auf ihn gehört hatte.

Endlich erreichten sie die Burg. Das Tor stand weit offen, die wenigen dauerhaften Burgbewohner erwarteten sie bereits. Sie brachten die Tiere in die Stallungen und versorgten sie, danach liefen sie zum Rittersaal. Das Feuer im Kamin brannte lichterloh und erwärmte den großen Raum.

Froh, der Kälte entronnen zu sein, sank Rowan erschöpft auf eine Bank. Bald brachten ihnen Knechte und Mägde Kräutertee, Trockenfleisch, Käse und hartes Dauerbrot.

Nach dem Essen fragten Rowan und Xanris Hildrun, wie sie helfen könnten. „Legt euch hin und schlaft. Ich möchte mich nicht auch noch um euch kümmern müssen", empfahl Hildrun und verließ den Saal.

Rowan grinste schwach und suchte mit Xanris Hildruns Kammer auf, die sie alle drei gemeinsam nutzten. Leider hatte niemand dort Feuer entzündet. Xanris rollte sich gleich im Bett zusammen und schlief sofort ein. Also heizte Rowan ein, bevor er sich hinlegte.

Den nächsten Morgen verschliefen sie vor Erschöpfung und Hildrun ließ sie in Ruhe. Erst gegen Mittag wachte Rowan auf, weil sein Meister im Raum hantierte, Kräuter zusammensuchte und im Kessel einen Sud braute.

„Gibt es viele Verletzte?", erkundigte Rowan sich.

„Die sind alle versorgt. Ein paar Erfrierungen, einige Erschöpfte, die nur Ruhe brauchen. Ihr könnt euch nachher um sie kümmern. Drei Pferde mussten getötet werden. Sie waren erschöpft zusammengebrochen. Eins hatte sich das Bein gebrochen."

Rowan nickte. Er wunderte sich, dass fast alle den Gewaltmarsch recht gut überstanden hatten. Das hatten sie sicher Hildruns Künsten zu verdanken.

Hildrun schien seine Gedanken zu lesen. Er blickte von seiner Arbeit auf und lächelte Rowan zu. „Selbst hier in Llyllia wird ein Magier wichtig, wenn Gefahr droht."

„Fast alle haben durchgehalten, wie habt Ihr das erreicht?" Rowans Blick fiel auf den Kessel. Er erinnerte sich, dass sie alle vor der Reise ein warmes Gebräu aus dem Kessel getrunken hatten, das Hildrun zubereitet hatte. Sicher hatten selbst die Pferde etwas davon erhalten. „Ihr müsst mir euer Rezept dafür geben", bat er und erhob sich.

Hildrun antwortete nicht, sondern rührte im Topf und sang ein Heiler-Lied. Zuerst verstand Rowan überhaupt nichts, da es in einem altertümlichen Llyllianisch verfasst war, doch dann hörte er sich hinein. Er erkannte fünf verschiedene Kräuter, die zu verschiedenen Zeiten gepflückt werden mussten. Bei Bedarf musste man sie in einer bestimmten Reihenfolge in Quellwasser geben und lange köcheln lassen.

Bei der dritten Wiederholung sang Rowan mit, beim fünften Mal beherrschte er die langen Strophen fehlerfrei und sang sie ein sechstes Mal allein.

„Du hast wirklich ein gutes Gedächtnis", lobte Hildrun.

„Ich werde es mir merken, es ist ein ganz wichtiges Rezept."

Hildrun nickte. „Auch wenn man es nur selten benötigt."

„Warum kocht ihr denn jetzt noch mehr davon, wir sind doch angekommen?", fragte Rowan mit hochgezogenen Brauen.

Hildrun machte ein ernstes Gesicht. „Wir sind verfolgt worden."

Rowan nickte: „Ich habe eine Gefahr gespürt. Aber die ließ im Wald nach."

„Es haben uns nur einige Späher verfolgt, es gab keine unmittelbare Gefahr."

Rowan wusste, bald würde es also eine Belagerung geben, und Hildrun wollte die Männer wappnen, damit sie leistungsfähig waren und durchhielten.

Den gesamten Tag über brauten sie diesen Kräutersud, zwischendurch suchten sie die Kranken und Verletzten auf, die sich erstaunlich schnell erholten. Während Rowan herumlief, beobachtete er, wie König Baruan Vorkehrungen zur Verteidigung der Burg traf. Die Tore waren geschlossen und verbarrikadiert worden und der Hofstaat war im gut befestigten Palas untergebracht. Waffen wurden an alle kampffähigen Männer verteilt und die Wachposten doppelt besetzt. Auch Xanris und Rowan erhielten Kurzschwerter. Rowan bat um Pfeil und Bogen, die ihm verweigert wurden. „Wir haben nicht genug, deshalb erhalten nur die guten Schützen die Bögen."

Gegen Abend besprach sich der König mit Hildrun und seinen anderen Beratern. Während seiner Abwesenheit vertraute der Magier Rowan die Herstellung des Stärkungsmittels an. Dabei schaute ihm Xanris interessiert zu. Er kannte den Liedtext noch nicht auswendig, deshalb konnte er Rowan nur helfend zur Seite stehen.

Am nächsten Morgen begleitete Rowan Hildrun bei seinem Rundgang zu den Kranken und Verletzten. Die

meisten waren inzwischen genesen, nur ein paar Erfrierungen mussten weiterhin behandelt werden, ebenso
mehrere Prellungen. Hildrun ließ Rowan frei gewähren.
Rowan salbte die Wunden ein und sang Heil-Lieder dazu.
Während sie die Menschen versorgten, kümmerte sich
Xanris in den Ställen um die Reit- und Lasttiere. Er ließ
sie von den Pferdeknechten einreiben und die Fesseln
bandagieren.

Auf dem Weg zu ihrer Kammer spürte Rowan plötzlich einen stechenden Schmerz in der Brust, der ihm den
Atem raubte. Ein untrügliches Wissen stieg in seinem
Bewusstsein empor: Die Bewohnter des Dorfes Lallia
waren in Gefahr, nein, sie würden qualvoll sterben, und
er konnte ihnen nicht helfen. Vor Schmerz sackte er
zusammen und rang um Atem. Hildrun beugte sich mit
einem starren Gesicht über ihn und hob ihn auf. Er
strich über seinen Kopf. „Wir können nichts tun. Der
König wollte die Bauern nicht mitnehmen."

„Aber warum?", stieß Rowan heiser hervor. Tränen
traten aus seinen Augen. „Weil sie die Flucht behindert
hätten. Womöglich hätte dann keiner Randil erreicht."

Sie betraten die Kammer und Rowan zog sich in die
hinterste Ecke zurück, um seinen Schmerz, die Verzweif-
lung und das Gefühl der Ohnmacht zu verarbeiten.

17.

Die Kost fiel, wie in den letzten Wochen, mager aus.
Getreidebrei mit ein paar Kräutern, die kaum

Geschmack und wenig Kraft gaben. Dazu waren die Portionen klein.

„Wie sollen wir kämpfen, wenn wir nichts Anständiges zu essen bekommen?", grollte ein riesiger Ritter, als sie im Speisesaal versammelt waren. „Lasst uns die Pferde schlachten!"

„Die brauchen wir!", antwortete ein anderer. „Vielleicht müssen wir irgendwann einen Ausfall machen oder anderen Burgen zu Hilfe eilen." Eine hitzige Auseinandersetzung entstand, bis schließlich Baruan ein Machtwort sprach. „Wir können uns nicht leisten zu streiten. Wir haben Wichtigeres zu tun. Wir müssen uns wappnen und uns geeint einem möglichen Angriff stellen. Vielleicht brauchen wir bald kein Essen mehr."

Betroffen verstummten die Streithähne. Es wurden Wachen eingeteilt, auch Rowan und Xanris mussten auf der Mauer Posten beziehen. Allerdings an einem mittleren Stück, das wenig Angriffsmöglichkeiten bot. Ottgar und Mardok standen an einem Turm, während die erfahrenen Ritter das Tor bewachten.

Rowan hüllte sich in seinen Umhang und in eine Decke ein. Es herrschte klirrende Kälte. Lange konnten sie nicht auf den Schnee schauen, dann sahen sie vor lauter Weiß nichts mehr. Hildrun verteilte Masken mit Sehschlitzen an die Wachen. „Damit ihr nicht schneeblind werdet."

„Das ist aber unbequem, wie soll ich damit rechts und links sehen?", meckerte der Knappe neben Rowan.

„Wenn du sie nicht aufsetzt, siehst du bald überhaupt nichts mehr", schimpfte Hildrun.

Rowan fand die Maske zwar lästig, erkannte aber ihren Nutzen. Er hatte schon vorher versucht, seine Augen durch die Kapuze zu schützen.

Weit in der Ferne sah er zwischen den Berggipfeln Rauch aufsteigen. Er machte seinen Nachbarn darauf aufmerksam.

„Das sind die Feuerstellen in den Dörfern", meinte der nur.

Rowan schüttelte den Kopf. Um so viel Rauch zu entwickeln, müssten die Dörfer brennen. Er hoffte, dass es nicht so war.

Als er abgelöst wurde, machte er den verantwortlichen Ritter darauf aufmerksam. „Hm", meinte der nur und kratzte sich am Ohr.

Hildrun hatte ihm zugehört und warf ein. „Es könnten Drachen sein."

„Drachen? Woher sollten die kommen? Die mögen doch keine Kälte?", fragte Rowan beunruhigt.

„Dort oben gibt es heiße Quellen", erklärte Hildrun und wies in die Richtung. Daraufhin sagte niemand mehr ein Wort, jeder war mit seinen Gedanken beschäftigt.

Ein paar Stunden später tauchten ihre Verfolger an den Waldrändern auf. Es handelte sich um eine große Gruppe Reiter in merkwürdigen Rüstungen. Rowan lief ein Schauer über den Rücken. Inzwischen hatte er sie schon öfter zwischen den Bäumen auftauchen sehen, und er war sich sicher, dass es wieder diese Krieger aus der Inselwelt im hohen Norden waren, die Burg Pintoe angegriffen hatten. Ihre Reittiere waren bösartig wie die

Waldlöwen. Er hatte das Gefühl, als hätten sie es auf ihn abgesehen, da sie immer wieder dort auftauchten, wo er sich gerade befand – so zumindest schien es ihm. Diese Erkenntnis trat unvermittelt wie ein inneres Wissen in sein Bewusstsein. Oder bildete er sich das nur ein? Warum sollten sie ihn, einen unbedeutenden Jungen, vernichten wollen? Wozu der große Aufwand?

Ein mächtiger schwarzer Vogel stieg in ihrer Nähe auf, flog zur Burg, kreiste mehrmals über ihr und ließ dann ein kleines Päckchen zu Baruans Füßen fallen. Ein Page hob das Päckchen auf, öffnete es und reichte den Inhalt Baruan weiter.

Als Rowan von seiner Wache abgelöst wurde, wollte er zu Hildruns Kammer laufen und kam an den Fenstern des Palas' vorbei. Dabei wurde er unwillentlich Zeuge eines Gesprächs.

„Geh auf ihre Forderungen ein", drängte der königliche Waffenmeister.

„Liefere ihnen den kleinen Magier aus, gib ihnen am besten alle drei magianischen Jungen, sonst haben wir gleich wieder Ärger", hörte er den Berater des Königs sagen.

„Nein, das wäre unehrenhaft", lehnte Baruan ab.

Rowan rückte näher an das Fenster heran. Angespannt lauschte er dem Gespräch.

„Wir können die Burg nicht halten. Wir haben nicht genügend Vorräte!", drängte der Berater.

„Dann ist es so", sagte Baruan.

„Sie werden so oder so sterben", meinte der Waffenmeister.

Rowan fröstelte. Wie lange würde Baruan sie noch schützen können? Wohin sollten sie fliehen? Wer würde sie aufnehmen und vor Schlimmerem bewahren?

„Nein, ich habe mein Wort gegeben." Baruan klang sehr bestimmt. Rowan war erleichtert, dass wenigstens der König so ehrenhaft war.

„Was können die Magianer schon ausrichten? Wer weiß, wie lange das Magierreich noch bestehen wird. Sie können sich doch nicht einmal gegen ihre Feinde erwehren", spottete der Waffenmeister.

„Und wir sind ihnen trotz ihrer Bitten nicht zu Hilfe gekommen. Deshalb müssen wir die Jungen wenigstens beschützen", wandte Baruan ein.

Rowan schluckte. So schlimm stand es also um das Magierreich! Warum hatte sein Großvater ihn nicht zu sich gerufen? Warum sollte er weiter in der Ferne lernen, ein guter Magier zu werden, wenn das Reich sowieso unterging?

„Seht ihr, König Wilhar wird so oder so verärgert sein", meinte der Waffenmeister.

Als zwei Knappen die Treppe zum Rittersaal hochliefen, schauten sie neugierig zu Rowan hinüber. Rasch bückte er sich und tat so, als ob er seine Stiefel neu schnürte.

„Schluss damit, ich will nichts mehr davon hören. Bunduar würde uns für alle Zeit verfluchen und die Geister auf uns hetzen. Llyllia würde von Seuchen heimgesucht werden. Wollt Ihr das?"

Damit schien das Gespräch beendet. Als Rowan sich aufrichtete, blickte er in der Ferne auf den Berggipfel bei

Lallia. Er war von graugrünen Wolken umhüllt. Was hatte der Berggeist damals gesagt? „Wenn sich um meinen Kopf graugrüne Wolken sammeln, bist du in höchster Gefahr." Rowans Herz klopfte bis zum Hals. Verstohlen schaute er sich um, dann huschte er rasch in Hildruns Kammer.

Beim Abendessen fühlte sich Rowan plötzlich von einer unbekannten Kraft gezwungen, in Ottgars Richtung zu schauen. Er beobachtete, wie dem Knappen, der neben Ottgar und Mardok saß, der Ärmel hochrutschte und eine Tätowierung freigab. Entsetzt ließ Rowan seinen Löffel sinken. Wie viele dieser Drachenzähmer gab es auf der Burg? War Baruan überhaupt Herr im eigenen Haus? Langsam führte Rowan den Löffel erneut zum Mund und bemerkte nicht, dass er die Schüssel inzwischen leer gegessen hatte.

Sobald die Gelegenheit günstig war, trat er zu Mardok und machte ein Zeichen, dass er ihn sprechen wollte. Mardok nickte unmerklich und unterhielt sich weiter mit dem Tätowierten.

Rowan schlenderte gemächlich zu den Hofdamen und erkundigte sich nach dem Befinden der beiden, die er auf der Flucht betreut hatte.

Als er sah, wie Mardok die Tafel verließ, folgte Rowan ihm langsam. Er merkte jedoch rechtzeitig, dass der Tätowierte sich an seine Fersen heftete. Deshalb suchte Rowan zuerst Hildruns Kammer auf und durchsuchte die Kräuter. Dabei zerbrach er sich den Kopf, wie sie, von den Feinden unbeobachtet, aus der Burg herauskommen sollten. Wie konnten sie die Belagerer umgehen?

Am besten flüchteten sie ins Ostland, bis dahin waren diese Fremden hoffentlich noch nicht vorgedrungen. Außerdem sollten sie doch sowieso an den Hof von König Hroal, wenn auch erst in einem Jahr … Aber wie sollten sie die Pferde ungesehen aus der Burg schaffen? Sie brauchten Reittiere, um so eine weite Reise zu machen. Doch sie mussten Randil auf jeden Fall zu Fuß verlassen.

Er machte sich daran, seinen Reisesack zu packen.

Plötzlich fiel ihm das Hexenrezept ein, das die Unsichtbarkeit bewirkte. In den ersten Wochen bei Hildrun hatte dieser ihm uralte Lieder beigebracht, während Altus Kräuter sammelte. Hexenfarn, Moorgeistmoos und Mondsichelkraut, im Mörser zerstampft, gut gemischt mit ein paar Tropfen feinstem Bergnussöl. Hastig suchte er die Zutaten heraus, mischte und mörserte die Kräuter, während er das Rituallied sang und füllte die Paste in eine kleine Dose. Hoffentlich half es und machte sie unsichtbar. Anschließend packte er seine letzten Habseligkeiten ein. Ab und zu spähte er aus dem Fenster. Den Tätowierten konnte er nirgends entdecken. Rowan schloss die Augen und versuchte, ihn zu erspüren. Nein, er war wirklich aus seinem Umfeld verschwunden. Sicher war es ihm zu kalt geworden, draußen noch länger auf ihn zu warten.

Schnell schlüpfte Rowan aus der Kammer und huschte im Schatten der Gebäude zum Stall hinüber. Mardok striegelte sein Pferd.

„Warum lässt du mich endlos warten, wenn du mich sprechen willst", knurrte er schlecht gelaunt.

„Weil der Tätowierte mich so lange beobachtet hat."

Mardok ließ die Bürste sinken und schaute auf. „Welcher Tätowierte?"

„Wir sind hier nicht mehr sicher." Flüsternd berichtete Rowan vom belauschten Gespräch und von den Tätowierungen des Sängers und des Knappen.

„Du meinst, uns späht hier jemand aus?" Mardok klang ungläubig.

„Und dieser Jemand ist sehr mächtig. Mächtiger als Baruan. Wenn ich bleibe, bringe ich alle in Gefahr. Vermutlich seid ihr genauso bedroht."

Mardok überlegte, dann nickte er. „Ja, wenn es so ist, müssen wir wohl weg. Aber wie kommen wir ungesehen aus der Burg heraus?"

„Wir müssen den Geheimgang finden. Ich werde Hildrun fragen, notfalls sogar Baruan."

Mardok nickte. „Ich werde es Ottgar sagen, meine Sachen packen und die Pferde satteln. Wir treffen uns in einer Stunde hier."

„Nein, die Pferde können wir nicht mitnehmen. Wir treffen uns am Mücheneingang."

Rowan huschte hinaus, lief zur Mauer und unterhielt sich mit dem Pagen, der die Wache vor ihm hatte, dabei tat er, als würde er sich langweilen. Der Junge tat ihm leid, sicher musste er seine Schicht übernehmen, aber das konnte er nicht ändern.

Aufmerksam schlenderte er über den Burghof, beobachtete jeden Winkel gründlich, bevor er weiterlief, denn er wollte die Burg noch einmal ausspähen, um später in keine Falle zu tappen. In der Kammer wartete Hildrun auf ihn.

„Du hast es also bereits mitbekommen!", stellte der Magier ruhig fest.

„Wenn die Drachen und die fremden Krieger nur unsretwegen die Burg belagern, bringen wir hier alle in Gefahr. Außerdem erpressen sie Baruan. Die Nordmänner warten nur auf eine günstige Gelegenheit; ich spüre, dass sie angreifen wollen."

Hildrun zuckte die Schultern. „Ritter sollen Schwächere beschützen, und König Baruan hat es versprochen. Aber selbst innerhalb der Burg seid ihr nicht mehr sicher."

Rowan berichtete von den Tätowierungen.

„Ich habe den Knappen schon länger in Verdacht, ich werde mit ihm sprechen. Aber erst einmal schaffe ich euch aus der Burg", antwortete Hildrun.

Dann erklärte er Rowan den Weg durch die Berge. „Im tiefen Schnee ist er mühsam und gefährlich. Achtet, wohin ihr eure Füße setzt! Sobald ihr die Bergkette hinter euch habt, müsst ihr euch Reittiere besorgen. Du hast Geld?"

Rowan nickte. „Großvater gab mir etwas für den Notfall."

Bevor sie weitersprechen konnten, betrat Xanris den Raum. Er entdeckte Rowans Sack und erfasste sofort die Umstände. „Du willst fliehen! Ich komme mit. Ich kenne mich in den Bergen aus und bringe dich zu meiner Mutter. Die hilft dir sicher weiter."

„Ich gefährde dich, außerdem sollst du weiterlernen!" Rowan war gerührt, weil Xanris ihm so selbstlos helfen wollte.

„Er kann jederzeit zu mir zurückkommen", meinte Hildrun. „Es ist gut, wenn er euch begleitet. Ihr werde jede Hilfe benötigen, die ihr bekommen könnt."

Sobald Xanris seinen Beutel gepackt hatte, verließen sie den Raum und schlichen hinter den Gebäuden bis zum Kücheneingang. Dort warteten Ottgar und Mardok schon auf sie.

„Wie kommen wir hier heraus?", fragte Ottgar, der einen unentschlossenen Eindruck machte. So richtig schien ihm nicht klar zu sein, in welcher Gefahr sie sich befanden.

„Pst", zischte Rowan und legte einen Finger auf die Lippen.

Hildrun winkte ihnen und führte sie zu dem Burgturm. Mit einem Schlüssel öffnete er die Tür. „Ihr müsst euch beeilen, bevor die Nordmänner auf euch aufmerksam werden. Und ihr dürft nicht rasten. Bald gibt es keinen freien Weg mehr aus den Bergen. Dann verhindert tiefer Schnee eine Flucht", hauchte er kaum hörbar.

Xanris und Mardok folgten ihm, Ottgar blieb stehen. „Der will uns im Verlies einsperren", rief er. Erschrocken hielt Rowan ihm den Mund zu und schubste ihn in den Turm hinein.

„Bist du wahnsinnig", hauchte er, als sie sich im Gebäude befanden und die Tür wieder geschlossen war. „Wir müssen durch den Geheimgang hinaus."

Mardok verdrehte Ottgars Arm und schob ihn vorwärts. „Geh, du Esel", zischte er.

So stolperten sie im Dunkeln eine enge Wendeltreppe hinunter. Hildrun öffnete eine schwere eiserne Tür und reichte Rowan eine kleine Öllampe. „Ihr folgt dem Gang. Er endet zwischen Felsen oberhalb in der Verlängerung des Waldweges, den wir neulich geritten sind."

„Dann sind wir mitten zwischen den Feinden", stieß Mardok hervor.

„Deshalb müsst ihr euch sehr leise bewegen. Ihr haltet euch Richtung Osten, immer den Berg hinauf. Anschließend durch die beiden Hochtäler und über den nächsten Gebirgszug. Oben ist eine kleine Almhütte. Xanris kennt den Weg. Ihr müsst durch das Gebirge, nehmt die kürzesten Wege – dort, wo keine Maultiere mehr laufen können."

Er hielt Rowan auffordernd eine Hand hin. Rowan wusste, was er wollte und zog aus seinem Umhang die Dose mit dem Hexenmittel. „Du hast es dir gut gemerkt", lobte Hildrun, schraubte die Dose auf und nahm eine Fingerspitze voll heraus. „Genauso viel streichst du auf einen Felsen, wenn ihr den Gang verlassen habt, und zündest die Paste an. Sie wird die Felsen in Nebel hüllen und euch helfen, unerkannt an den Feinden vorbeizulaufen."

„Und Ihr?", fragte Rowan besorgt.

„Ich weiß mich zu schützen!"

„Und Baruan, die Königin und die anderen Hofleute?" In der Dunkelheit konnte er Hildruns Gesichtszüge kaum erkennen.

„Du kannst ihr Schicksal nicht beeinflussen. Aber noch ist die Göttin Baruan wohlgesonnen." Er lächelte die Jungen an. „Und ich werde erzählen, ihr seid an einer Seuche erkrankt, um euch einen Vorsprung zu verschaffen. Es darf euch niemand besuchen, weil ihr ansteckend seid."

„Vielen Dank für den Unterricht. Ich wollte doch noch so viel von Euch lernen." Rowan hatte einen Kloß im Hals, als er seinem Meister umarmte.

Hildrun lächelte. „Sehr viel kann ich dir nicht mehr beibringen."

Mardok und Ottgar bedankten sich und baten, sie bei Baruan zu entschuldigen. Noch während sie flüsterten, betrat Xanris den Gang und tastete sich im Dunkeln vorwärts. Rowan folgte ihm. Er hörte in der Ferne Hildruns Gesang, mit dem er die Göttin um Beistand für die Kinder bat.

Sie mussten lange durch den feuchten Gang laufen, es schien eine Ewigkeit zu dauern. Es ging stetig aufwärts. Das Licht der Lampe wurde schwächer. Endlich erreichten sie den Ausgang. Sie befanden sich zwischen mannshohen Felsen. Weit oberhalb der Burg. Unter ihnen war der Waldrand, wo die Feinde lagerten. Rowan zog sofort die Dose aus der Tasche, strich ein bisschen Paste auf den Felsen und entzündete es mit der letzten Flamme der Öllampe, die er anschließend in den Gang schob. Vorsichtig spähten sie über die Felsen. Die Krieger saßen an Lagerfeuern.

Xanris zeigte auf den Weg, der aus dem Wald heraus und an ihnen vorbei den Berg hinaufführte. Das Zaubermittel entfaltete seine Wirkung und hüllte alles in Nebel ein. Xanris huschte zu der nächsten Felsengruppe. Rowan schob Mardok und Ottgar hinterher und folgte als Letzter. Schweigend hetzten sie geduckt von Deckung zu Deckung aus Angst, dass der Nebel sich auflösen würde, bis ein Hügel die Sicht nach unten versperrte.

„Puh", Ottgar wischte sich die Haare aus dem Gesicht. „Vielleicht hätten wir doch lieber in der Burg bleiben sollen."

„Mit Feinden innerhalb der Burgmauern? Mit Verrätern? Wie lange hätten Baruan und Hildrun uns schützen können? Schließlich können sie uns nicht ständig unter Aufsicht halten", erwiderte Mardok. Er schulterte seinen Sack und marschierte mit kräftigen Schritten bergauf. Zum Glück machte der Weg einen Bogen um eine Bergkuppe, sodass sie sich außerhalb der Sichtweite der fremden Kämpfer befanden.

Der Aufstieg war mühsam. Sie mussten bei jedem Schritt ihre Füße kraftvoll aus dem Schnee ziehen und dabei aufpassen, dass sie nicht auf einer Eisplatte wegrutschten oder eine Lawine auslösten. Meistens ging Xanris voran, da er sich auskannte. Er summte die ganze Zeit Schneelieder, die Rowan noch nie gehört hatte.

„Kannst du nicht still sein? Ich ertrage die Lieder nicht mehr", knurrte Ottgar ihn an.

„Pst, ruhig, Xanris ruft die Schnee- und Eisgeister zu Hilfe", ermahnte Rowan ihn leise. Dann summte er die Lieder mit, schließlich verstand er die leisen Worte und sang die Texte mit. Während Ottgar leise vor sich hin murrend weiterstapfte.

Mittags machten sie erschöpft eine längere Rast. Sie tranken aus ihren Lederbeuteln, da Rowan ihnen verbot, den Schnee so zu essen. „Wir müssen ihn auftauen, sonst werden wir krank", erklärte er. Anschließend teilte er die Vorräte ein. „Wir müssen mit unserer Wegzehrung sparsam umgehen. Wer weiß, wann wir sie auffüllen können." Um den restlichen Hunger zu stillen und die Erschöpfung zu vertreiben, holte er braune Blätter aus einem Beutel und verteilte sie. „Kaut sie langsam, sie helfen gegen Hunger und Müdigkeit."

Nach Stunden erreichten sie die Passhöhe und liefen eine Weile weiter, bis es wieder bergab ging. Unter einem Felsvorsprung suchten sie für die Nacht Schutz.

Am nächsten Morgen schien die Sonne und sie kamen schnell voran, da der Schnee fest war und sie nicht so stark einsanken. Wieder sang Xanris Lieder, die Rowan mitsang, sobald er sie erfasst hatte.

„Du kennst sehr viele Lieder für das Wetter", meinte er, als Xanris eine Pause machte.

„Meine Mutter ist Wetterhexe", erklärte der nur. Und Rowan grinste. „Ich sollte auch bei ihr in die Lehre gehen."

Xanris schaute ihn erstaunt an. „Aber du bist doch der Enkel vom großen Bunduar."

Rowan schüttelte den Kopf. „Wetterlieder kenne ich nur ganz wenige."

Ein Schatten fiel plötzlich auf sie. Rowan hob den Kopf. Ein schwarzer Vogel, viel größer als ein Adler, flog über sie hinweg. Sein Magen zog sich zusammen. „Die schwarzen Vögel", raunte er. „Die flogen damals über dem Dorf, bevor die Drachen es angriffen."

Xanris murmelte einen Zauberspruch, mit dem er das Tier vertrieb.

„Das wird nicht reichen, er wird den Drachen mitteilen, wo er uns gefunden hat", murmelte Rowan.

Xanris nickte. Hastig eilten sie rutschend weiter.

„Da!", rief Rowan. In der Ferne waren dunkle Erscheinungen am Himmel auszumachen. Noch waren sie nicht zu erkennen, doch Rowan spürte bereits die gefährliche Gegenwart der Drachen.

„Geht weiter, ich komme hinterher!", wies Rowan seine Gefährten an. Ottgar und Mardok weigerten sich, doch Xanris eilte den Berg hinab, laut Schneelieder singend in der Hoffnung, dass der Drache verschwände, weil er den Schnee nicht vertrug.

„Beeilt euch, bevor ein Schneetreiben einsetzt."

„Wir lassen dich nicht allein", sagte Ottgar störrisch.

„Je eher ihr geht, desto schneller kann ich folgen." Als die Jungen ohne weiteren Einwand weiterliefen, drehte Rowan sich um, legte seine Decke in den Schnee und setzte sich darauf. Dann versenkte er sich und suchte seine innere Mitte. Zuerst hatte er Schwierigkeiten, zur Ruhe zu kommen, doch irgendwann gelang es ihm, sich auf seine Aufgabe einzulassen. Er rief den Geist des Felsens an. Ein grauhaariger Alter wurde auf dem steilen Felsen sichtbar.

„Was willst du?", brummte er ungehalten.

„Ich bitte um deine Hilfe. Drachen und fremde Krieger bedrohen uns."

„Das sind die alten Herren des Berglandes", erwiderte der Alte.

„Ihr Geister habt Bunduar und Hildrun Treue geschworen."

„Was weiß schon ein Kind davon?", antwortete der Berggeist abweisend.

„Das Kind ist Bunduars Enkel. Mein Großvater versicherte mir, dass ihr mir in der Not helfen würdet."

Der Felsen brummelte eine Weile, schließlich meinte er: „Was kann ich schon gegen Drachen ausrichten?"

„Deine Freunde anrufen, den Schnee, den Wind, die Kälte."

„Dann erfriert ihr!", gab der Geist des Felsens zu bedenken.

„Wir können Kälte und Schnee besser vertragen als Drachen. Außerdem könntest du uns eine schützende Höhle anbieten."

Der Felsgeist lachte leise. „Wo sich der Weg unten gabelt, befindet sich auf der Seite des Sonnenaufgangs eine Höhle. Wenn Schnee liegt, ist sie kaum zu entdecken."

„Dann hilf mir bitte, sie zu finden!"

Der Geist antwortete nicht, sondern löste sich auf. Rowan richtete sich auf und sang ein Dankeslied. Danach eilte er seinen Gefährten hinterher.

Über ihm tauchte plötzlich ein Drache auf, der drohend Kreise zog und immer näher kam. Rowan erschrak, obwohl er damit gerechnet hatte. Ihm fiel nichts weiter ein, als Xanris' Schneelied zu singen. Laut und klar klang seine Stimme und wurde von den Bergen zurückgeworfen. Der Drache stürzte auf ihn herab, aber im letzten Augenblick konnte sich Rowan retten, indem er sich zwischen zwei Felsen warf. Neben ihm schlug eine Flamme ein, Schnee schmolz und Wasser rann den Berg hinab. Rowan sang immer lauter. Währenddessen kramte er in seinem Umhang und zog ein Elfenfeuer heraus, das er mit seinem Feuerstein so schnell er konnte entzündete.

„Sirii, hilf uns", bat er inständig.

Doch der Elf erschien nicht. Besorgt überlegte Rowan, was seinen Beschützer abhalten konnte, ihm zu Hilfe zu eilen. So kannte er ihn gar nicht. Hoffentlich drohte seinem Großvater keine Gefahr, denn das wäre ein Grund, warum Sirii ihm nicht antwortete. Der Drache war wieder in größere Höhen aufgestiegen und Rowan rannte, teilweise rutschte er, den Berg hinunter. Inzwischen hatte es wieder angefangen zu schneien. Auf einmal kam ein mächtiger Wind auf und zerrte an ihm. Ein schrecklicher Schneesturm setzte ebenso unvermittelt ein. Er wickelte sich enger in seinen wollenen Umhang und zog auch die Decke darüber. Auf seiner Flucht vor dem grässlichen Untier blieb er ab und zu kurz stehen, holte tief Luft und suchte dabei den Himmel nach Drachen ab. Zum Glück schienen sie für den Moment verschwunden.

An der Weggabelung warteten seine Gefährten auf ihn. „Bist du verletzt?", fragte Ottgar besorgt.

„Nein, mir ist nichts passiert. Aber ohne Pfeil und Bogen oder wenigstens eine Lanze mit Widerhaken haben wir auf Dauer keine Chance gegen die Drachen", presste Rowan atemlos hervor. Er suchte den Felsen nach der Höhle ab.

„Wir müssen weiter", drängte Mardok.

Rowan schüttelte den Kopf. „Hier ist irgendwo eine Höhle, ich muss nur den Eingang finden." Dabei wies er auf die Felswand vor ihm. Er zwang sich, ruhig zu werden, tief ein- und auszuatmen, und gerade wollte er den Felsgeist anrufen, als ein Schneehase vor ihnen aufsprang und in einem Felsspalt verschwand. Rowan grinste und sang sofort ein Dankeslied. Er folgte dem Hasen, und tatsächlich erwies sich der Spalt beim Näherkommen als groß genug, um auch Menschen einzulassen. Rowan schlüpfte hinein und seine Gefährten folgten ihm. Sie hatten Glück, in der Höhle gab es nicht nur Schutz vor dem Unwetter und den Drachen, sondern auch einen Bachlauf mit frischem Wasser. Erleichtert löschten sie ihren Durst und füllten ihre Trinkbeutel auf. Dann holte Rowan Trockenfisch und Brot aus seinem Sack hervor und ermahnte seine Gefährten, langsam zu kauen. Anschließend legten sie sich eng aneinandergeschmiegt schlafen.

Als sie am nächsten Morgen die Höhle verließen, lag überall tiefer Schnee. Sie kämpften sich mühsam den Berg hinunter, immer besorgt, wegzurutschen und den Abhang hinabzustürzen. Endlich gelangten sie in ein Tal und folgten dem Bachlauf. Erst als die Sonne im Zenit stand, erreichten ihre Strahlen die enge Talsohle.

Rowan schaute sich suchend um. Und tatsächlich, er hatte es gefühlt: Wieder erschien über den Bergen ein Drache. Die Jungen hasteten weiter, kamen aber im

Schnee nur langsam voran. Erschöpft blieben sie stehen, um zu Atem zu kommen.

„Wir entkommen ihm nicht", schrie Ottgar verzweifelt.

Rowan beobachtete den Flug des Tieres genau. Dabei fiel ihm der Text der Drachenbändiger ein. Wo hatte er ihn schon einmal gehört? Plötzlich erinnerte er sich. Der Sänger mit der Drachentätowierung hatte die uralte Ballade in einer altertümlichen Sprache gesungen, später hatte Rowan den Text im Geschlechterbuch gelesen, und da war er ihm bekannt vorgekommen, weil er sich unbewusst an die Ballade erinnerte.

Der Drache hatte sich genähert und stieß blitzartig auf sie herab. „Hinter die Felsen!", schrie Rowan und schubste Xanris hinter einen großen Brocken. Ottgar und Mardok folgten ihm mit einem rettenden Sprung. Er selbst richtete sich auf, hob die Arme hoch und ließ mit lauter, klarer Stimme das Drachenlied erschallen. Der Drache stieg wieder höher, kreiste über ihnen und landete schließlich auf einem kleinen Felsvorsprung über ihnen. Dort verharrte er regungslos. Es schien, als lausche er dem Lied.

Rowan sang alle Strophen aus voller Brust. Wie gut, dachte er bei sich, dass er den Text so oft gelesen und ein so gutes Gedächtnis hatte. Als er geendet hatte, saß der Drache noch immer still – scheinbar in sich gekehrt – auf dem nahen Felsen. Rowan fiel noch ein zweites Lied ein, das der Sänger gesungen hatte. Darin ging es um Freundschaft und Kameradschaft. Rowan sang es ebenfalls, woraufhin der Drache wahrhaftig laut zu heulen anfing.

„Flieg heim und sage deinen Kameraden, dass wir Freunde sind!", rief Rowan in einem holprigen Altllyllianisch. Und tatsächlich: Der Drache erhob sich, kreiste über ihnen, als wolle er sie grüßen, und flog dann nach Norden.

Rowan schaute ihm lange hinterher.

„Was war denn das?", fragte Mardok, noch immer erstaunt über das Erlebte, und legte Rowan eine Hand auf die Schulter.

„Du stammst auch von den Drachenbändigern ab!", behauptete Xanris.

Rowan lachte rau. „Nicht das ich wüsste. Aber der Sänger hatte diese Lieder mehrmals gesungen."

Sie schulterten ihr Gepäck und marschierten weiter. Das enge Hochtal mündete in einer breiteren Schlucht. Mühsam stiegen sie in die Klamm hinab. Als sie den Bergbach erreichten, tauchte Sirii unvermittelt mit ihren Pferden vor ihnen auf, sogar Scharus war dabei.

„Sirii, wo warst du, als ich dich rief. Ich habe mir schon Sorgen gemacht!", rief Rowan erleichtert.

„Mit den Drachen bist du gut allein fertiggeworden." Sirii grinste und reichte ihm die Zügel. „Du bist fast erwachsen und beherrschst das meiste, was du brauchst. Du kannst bestens auf dich selbst aufpassen."

„Wo hast du die Pferde her?", fragte Mardok neugierig.

„Aus den Ställen von Lallia und Randil entführt." Er grinste Mardok an. „Und mit Elfenstaub unsichtbar gemacht."

„Du kannst sie unmöglich innerhalb eines Tages hiergeschafft haben", bezweifelte Mardok.

„Stimmt, selbst Elfen können Pferde nicht woanders hinzaubern. Aber meine Freunde und ich haben sie schon vor Tagen geholt. Ich wusste, dass ihr sie bald brauchen würdet."

„Wir wollen nach Wanroe reiten und meinen Vater unterstützen", unterbrach Ottgar das Gespräch und stieg auf sein Pferd.

„Nein, Wilhar möchte, dass ihr im Ostreich eure Ausbildung fortsetzt. Der Norden des Magierreichs ist in der Hand der fremden Krieger, ihr könnt da nicht hindurchreiten, um nach Wanroe zu gelangen."

„Aber ...", setzte Ottgar an.

„Nein, du hilfst deinem Vater nicht, wenn du dort ermordet wirst." Sirii sah ihn so streng an, dass er sich nicht mehr zu widersprechen traute.

„Reitet zuerst zu Xanris' Mutter. Sie wird euch helfen, sicher ins Ostreich zu gelangen!" Sirii winkte ihnen zu und verschwand.

„Warum kommt er nicht mit uns?", fragte Ottgar enttäuscht. Er würde sich sicherer fühlen mit einem Elf an ihrer Seite.

„Weil wir beweisen sollen, dass wir es allein schaffen!", erklärte Mardok.

Rowan nickte. Ja, sie hatten es bisher allein geschafft. Sie hatten das Wetter zu ihren Gunsten geändert, die

Höhle gefunden und sogar den Drachen bezähmt. Sie würden es schaffen, das Ostreich heil zu erreichen.

Er freute sich, Xanris' Mutter kennenzulernen. Sicher konnte sie ihm weitere Wetterlieder beibringen. Er lächelte. „Lasst uns aufbrechen …"

Begriffserklärungen

Burgvogt - der Verwalter der Burg

Gäste - In den Ritterburgen befanden sich ständig Gäste, Reisende, Gesandte, fremde Ritter, Sänger und Spielleute.

Kemenaten - beheizte Wohnräume einer Burg, besonders Frauengemächer

Knappen - mit vierzehn Jahren wurden aus den Pagen Knappen, die sich dann um die Waffen und Pferde ihres Ritters zu kümmern hatten. Sie halfen beim Anlegen der Rüstung und kämpften in Schlachten an der Seite ihres Ritters.

Köhler - stellt Holzkohle her, indem er Holz in einem Meiler verkohlt.

Pagen - adlige Kinder, die mit sieben Jahren zur Ritterausbildung an einen Fürstenhof geschickt wurden. Sie bedienten bei Tisch und halfen ihren Herren beim Ankleiden, dabei eigneten sie sich die höfischen Sitten an, zudem lernten sie Reiten, Tanzen, Bogenschießen, Schwimmen, Singen und Kämpfen, manchmal auch Lesen und Schreiben.

Palas - Hauptgebäude einer Burg

Tjost - Schaukampf mit stumpfen Waffen, bei dem die Kämpfer versuchten, sich gegenseitig mit der Lanze vom Pferd zu stoßen. Nicht ungefährlich, denn ein Sturz vom Pferd mit Rüstung konnte tödlich sein.

Sänften - Beförderungsmittel, an zwei Stangen befestigter Sitz, der von Menschen oder Tieren getragen wird.

Vorburg - Die Vorburg von Burg Wanroe war mit einer eigenen Mauer umgeben sowie durch einen Graben von der Hauptburg getrennt und diente als zusätzlicher Schutz. Hier gab es genug freien Platz zum Kämpfen, Viehställe, Scheunen und Gärten, in denen Gemüse angebaut wurde. Tagsüber war das Tor der Vorburg nicht bewacht.